異世界に
転移したら山の中だった。
反動で強さよりも快適さを選びました。
5

アッシュ/アーデルハイド・ル・レオラ（レオン）
アーデルハイド家の長女で、冒険者ギルド所属。一見すると男性に間違われるが、一応女性。寡黙で律儀、ちょっとずれている天然系。
パウディル＝ノート
アーデルハイド家に仕える、アッシュの執事。人当たりはよいが、実は腹黒い性格。
ジーン
姉の勇者召喚に巻き込まれ、異世界に転移した大学生。物を作るのが大好きで、手を抜かない性格。人に束縛されるのは嫌だが、世話好きな一面もある。
大福（ホワイル）
猫の精霊。防御結界を張ることができる。
主な登場人物

ベイリス
カーンの契約精霊。
ファラミア
ソレイユの紹介でやってきたメイド。無口で冷静、ソレイユ以外には冷淡。以前、不遇な扱いを受けたために人間不信に陥っている。
ソレイユ
破綻した商会の娘で、商売大好きお仕事人間。ジーンの行動によく叫びながら泣いている常識人。
カーン
火の時代に栄えた国の王を名のる者。ある事情で苦しんでいるところを、ジーンによって助けられる。

Contents

異世界に転移したら山の中だった。反動で強さよりも快適さを選びました。5

じゃがバター

イラスト
岩崎美奈子

1章　湖に沈んだ土地、砂に埋もれた王国

朝は早起きをしてリシュと散歩、そして色々収穫。山の中に実ったスモモ、杏《あんず》。

エクス棒で木の枝をガサガサしてスモモを落とす。時々、黄色いのも落ちるけど、完熟したものの方が簡単に落ちる。

普通は布を広げてその上に落とすのだが、少々ズルをして風魔法でふわりと受け止める。ついでに一緒に落ちてきた枝や葉を吹き飛ばせるし便利。精霊が一緒に吹き飛ぶ遊びをして、きゃっきゃと喜んでいる。

「エクス棒、その右のやつ頼む」

「おうよ！」

エクス棒は、コンコンガサガサする以外にも収穫棒として大活躍。桃とかビワとか、枝を揺らしても落ちてこず、背の届かない高い枝に生《な》る果実をお願いしている。

エクス棒は果物にあんまり興味がないので、収穫物の代わりにハンバーガーでお礼。

真っ赤なスモモは最初の年もジャムにした。今回もたわわに実ったのでたくさん収穫。塩水にちょっと漬《つ》けておいて、そのまま齧《かじ》っても甘酸っぱくって美味《おい》しい。杏はジャムと砂糖漬け。

リシュがスモモの匂いをくんくんと嗅《か》いで、酸っぱい匂いでもしたのか、くしゅんとくしゃみをして尻餅《しりもち》をついている。

イチジクは夏に生るものと秋に生るものを植えてある。葉もチーズを包んだりするので、重なっていて陽が当たらないようなのを時々間引きながら【収納】してある。

ビワはタルトにしよう。もぐっとその場で味見をすると、味が濃くていい出来。時々味の薄いビワってあるよな、薄いくらいなら酸っぱい方がましだが、これは味が濃くって甘い。

ズッキーニは花の下に実がついているのが雄花《おばな》。茎に花がついているのが雌花《めばな》。味に大きな差はないけど、生でサラダにする場合はサクサクとした食感が美味しい雌花。雄花は雌花に比べると傷みにくく扱いやすいのでフリット向き。

ちょっと前に小麦も収穫したし、トマトやキュウリの支柱も立てた。11月頃にパスタ用硬質小麦の種蒔《ま》きをして、大体収穫が今頃。大変だし、あんまり植えてないけど、小麦も稲も一面に生えてる風景にはちょっと憧《あこが》れる。

この辺では刈り入れを終えたあとは休ませてというか、羊くんの牧草地になるのだが、俺の飼ってる家畜は頭数が少ないので大豆を植えた。小麦、大豆、水田の輪作予定。いや、水田は連作障害ないから変えなくても平気か。

ちょっとずつ色々なものを、時にはズルして風魔法で剪定《せんてい》や収穫をしつつ、日々お手入れに励む。精霊も俺がやることのパターンを覚えたのか、遊びながら手伝ってくれる。その精霊たちの影響なのか、時々、時期外れの果物や花が出現してびっくりしたり。

さて、そろそろクリスたちが出かける時間だから、見送りがてら弁当でも届けよう。リードが混じってるから使えるものの縛りがきつい。

無難なところでハムとチーズのサンドイッチ、ミートパイと酒あたりか。あ、白色雁《しろいろがん》の唐揚げ入れたろ。

【収納】しておけば時間経過しないとはいえ、さすがに生物《なまもの》をずっと持ってるのもちょっと。でも布団のために白色雁はアホみたいに狩ってしまったので、まだ在庫がこれでもかってほどある。これでもどさくさに紛れてギルドに売ったんだけど。

いっそ島経由で売るか？　精霊の影響を受けた物質《どうぐ》を売って広げるための島だし、ちょっとくらい販売物に混ぜても許される――いや、【収納】は隠しときたいなあ。

どれくらいで勇者がちょっかい出してくるだろうか？　勇者の強さが予想がつかない。勇者が強くなれば、光の玉も強くなるので俺に関わる確率は下がると思うんだけど。

光の玉とは【縁切】しているけど、それだけじゃなくって「覚えていられない」。力を俺のために使われると守護される、これは縁ができるのが嫌で断った。ただ、巻き込んだペナルティがないというのも――と他の神々に言われて、「俺を覚えていられない」「俺を巻き込んだことを思い出すような状況を作らない」というのを玉自身にかけさせた。

ルゥーディルとカダルの助言で、光の玉が自分の失敗をスルーする気質も利用している感じ。

残念ながら、こっちの世界での事象にしか影響が出ないので、姉たちの記憶から日本での俺を消すことはできない。

ただ、光の玉のそばにいる勇者も当然影響を受ける。ついでに逃げてきた精霊から、光の玉が自分の眷属《けんぞく》だけはチェンジリングや勇者から守っていると聞いた。

力を失う前の光の玉は、召喚《しょうかん》に臨むくらいには強く、その頃の力の残滓《ざんし》——というか、眷属が多い。

周囲のものは光の玉とその眷属から偏った影響受けまくりなのだが、その影響の中には、光の玉自身が気づかない「俺を覚えていられない」「俺を巻き込んだことを思い出すような状況を作らない」が混ざっている。光の玉が強くなると、この玉自身にかけた2つの効果も強くなる。

守護してもらった神々の力と相まって、徹底的に関わらない方向。

どんどん強くなるがいい、勇者よ。俺の平和のために！　——でも人任せはドキドキするから、俺も強くなる方向で努力中。畑作業も、もの作りも、神々の強化にはなることだし、せっせと頑張る。

なんだか腹が立つからリシュを光の玉より強くしたいし。でも可愛いままでいて欲しい気持ちもある。

リリスが食い尽くしたというパンを執事に届け、クリスたちに弁当を届ける。

「宵闇《よいやみ》……ジーン、わざわざ作ってくれたのかね！」

「ああ。出かける前だというのに昨日、剥《む》いちゃったからな」

つい、貸家の掃除と虫退治の燻煙《くんえん》をして、着たきり雀《すずめ》っぽいクリスたちを裸に剥いて、甚平《じんべい》もどきに着替えさせた。

洗濯は料金とは別に心づけを渡して最優先でやってもらい、夕方には戻してもらったけど、着替えがないまま旅立たせるところだった。

一般的な住人よりクリスたちは清潔なんだが、日本人感覚ではアウトなところが……。なにせこちらでは、1カ月に一度風呂に入るのも多い方というか、突出して多い方。

「ありがとうございます、昨日いただいた料理もとても美味しかったです」

リードが褒《ほ》めてくれた。

「おお、唐揚げ！」

ディーンが包みを開けてすでに1つつまみ食い。

「まあいいけど。その布、温めればまたくっつくから」

薄手の布に蜜蝋《みつろう》を染みさせて、ラップ代わりのものを作った。サンドイッチの方は水分が飛んでぱさぱさにならないよう、それにわざわざ包んできたのだが、開封されてしまった。

「へえ。お、手の温度でもいけるのか」

そう言って布を閉じたのはレッツェ。

「蜜蝋が溶ける温度なら」

「なるほど、さっきまで暖炉のそばにいたからな。もしかして、こっちは俺の分か？」

誰も手を伸ばさない包みを手に取って言う。

「あれ、レッツェは行かないのか？」

レッツェだけ荷物がない。

「俺は城塞都市で手入れするような武器もねぇし、ついてく意味ないだろ」

「綺麗《きれい》なお姉さんのお店に行くのかと思ってた」

視線を逸《そ》らすディーンとクリス。

行くんだな？　綺麗なお姉さんのお店に。

「う、金は頑張って貯めてる！　でも息抜きもしたい！」

綺麗なお姉さんの店に興味を示さない俺の方が、ディーンにからかわれるかと思ったら、心の叫び。忘れてたけど、そういえばディーンは俺に精霊剣の支払いがあった。

出発を見送り、薬師ギルドの依頼でしばらく森通いだというレッツェと別れて、本日は北の地へ。

岩ばかりで荒涼として、申し訳程度の草が生えているような土地。しかし、大樹の精霊の強かった大昔、このあたりも森で覆われていたそうだ。

図書館の記録では雪がかかるような寒さの中でもなお、枝を伸ばし、青々とした葉を茂らせていたようだ。で、その森が水に沈む場所が残っているそうで、材木を取りに来た次第。

腐食を進める菌なんかは、空気と湿度を好むと言われる。お陰で木の腐食《ふしょく》は水中では阻《はば》まれるものらしく、保存される。それに不思議なことに水の中でも木は乾燥する、しかも内も外も均一に。時代劇とかで、川に丸太がプカプカ浮かんでいるシーンがあるが、運ぶのに便利だからだけでなく、あれは乾燥させていたらしい。

割れや反りが発生しにくくなる上、木の中の不純物が洗い流されることで、その木が持つ綺麗な肌が現れる。

あれです、乾燥が進んでいるので使えるまでの待ち時間が短い上に、綺麗な木目のお高い木の山——いや、湖なんです。

ここもまた気温が低い。食い物がない、飼い葉になるような草もないで、進むのが大変な土地。

「うをうっ！」

そして魔物が魔法を使ってくる土地……っ！

噴石《ふんせき》のような燃える石を『斬全剣《ざんぜんけん》』で斬り弾く。待って、待って、調べたんです、図書館で調べたんですよ！　防御魔法!!

「ファイアボール！」

ど忘れしたので、とりあえず相手の攻撃を上回る高火力を、向かってくる魔法にぶつけて押し勝つプレイ。攻撃魔法はゲーム系のイメージですぐなんだが、防御って属性なんだ？

……って、倒した。押し勝って、そのまま本体に当たったようだ。そしてこのタイミングで思い出した、地の結界とか、鋼《はがね》の盾《たて》とかだ。

避けてもいいんだけど、避けようのない広範囲魔法を使ってくる魔物とか出てきたら困るので、学習しないと。

でも、戦闘に余裕を持てるようになってからにしよう。敵が魔法を使ってきたり、突然現れるのに慣れるのが先だ。

茶色い丸い顔に赤いピノキオのような長い鼻、チェシャ猫のように三日月型に開いた口にギザギザの歯。赤い三角帽子にボロボロの服、赤い布靴。岩陰から湧《わ》き出るようにケケケと笑いながら現れて、魔法を放ってくる小人。

冷静に観察すれば、小人の使う魔法の軌道は真っ直ぐで避けやすい。三本ツノの狼《おおかみ》の爪より遅い。

何より【探索】を使うまでもなく、現れる時に笑い声がするので、そこに向けて攻撃魔法を放てば、小人が何かする前に倒せることも判明。

周囲の音を聞くともなく聞き、進む。風の音と自分が歩く音、魔物の笑い声と破壊音。んー。魔法は便利だけど、横着しすぎるといざという時とっさに動けなくなりそうで怖いな。それに使う魔法を考えないと素材が取れない。

生き物の気配がしない大地で実験をしながら、湖を求めてうろうろと。

地図を見て【転移】してきた。当たり前だが、実際の世界は地図よりはるかに広いので、どうしてもズレが出る。近づくこの過程も楽しいんでいいけど。

実験の結果、どんな属性の魔法でも、編み針程度に細くするか、薄く刃のようにすればいいようだ。スピードは速く。

倒すだけなら派手な魔法でいいんだけど、精霊の労力を減らして素材も手に入れるには、最小限に絞った方がいい。いいんだけど、精霊がですね！　面白がって力を送るのはやめろ！

すごく調整が難しいです……。

赤い帽子、黄色い帽子、青い帽子、色でそれぞれ属性が違うらしい。森の魔物は動物に憑《つ》いて変質したものだが、ここの魔物はなんだろう？　生き物としての小人がいるのか、それとも元の精霊の姿の方に寄ったのか、どっちだ？

魔物化していない小人がいるなら会ってみたいな。でもきっとこれは生きた小人じゃない。なぜなら手足が木製で、倒すとがらりと音を立ててバラバラになる。どんなに気を使って倒してもばらけるので、これはこういうものなのだろう。

素材として使えるんだろうかこれ？　【鑑定】してみると、どうやら魔力を帯びた木材で、魔法や占い用の短い杖や、タクトの素材になるらしい。細くて短いんで使い道は限られるようだけど。

歩いてきたところは、気づかないくらい緩やかな上り坂。それが急に落ち込んで目の前に湖が広がった。

黒いような鈍色《にびいろ》の水の中に、枝を広げるたくさんの木が見える。深い水の中に俺が両手を広げたよりもはるかに太い木々が沈んでいる。

さて、どうやって引き上げようかな？　根元を切って【収納】してしまえばいいのだが、なにせ湖の底が見えない。

とりあえずこの湖にいる精霊に名付け、何かいい方法があるか聞いてみようか。

そういうわけでせっせと名付ける。湖1号とか、2号とか、湖大気1号とか、湖岩2号とか。

相談しても飛び込めとか無茶言ってくるんですよ、こいつら。
色々相談と思考を重ねた結果、自分の体に薄い大気の膜を張ってとぷんと湖に飛び込んだ。
水に溶けた空気と入れ替えながら潜ってゆく。水圧も特に感じないし、便利。
黒いような鈍色だった湖は、中から見上げると美しい濃い青。光が上にあるからかな？　ひ
れが薄絹物のようになびく人魚型や魚型の精霊が周囲を巡《めぐ》る。
中には小鳥のような姿のものもいるが、大気の精霊かな？　アジか何かの小魚が、群れで1
つの生き物のように回転しながら動くシーンを思い出す。
「ちょっと前が見えないのでずれてください」
俺の願いを聞いて腰から下の足元にずれる精霊たち。
沈んだ黒い木々が枝を伸ばす中、潜ってゆくと赤みを帯びた水草、緑色の苔《こけ》が枝について揺
れている。普通、陽光が届く場所にあるものだが、ここは違う。沈んだ森には樹木の精霊の眷
属や、惹かれて集まった緑の精霊が未だ多く、奥にゆくほど緑が豊かなのだ。
底近くは新緑の緑。驚いたのか、ネオンテトラを思わせる小魚の群れが一斉に動いて水草の
陰に隠れる。
真っ直ぐ伸びる黒々とした木々に、水に流され揺れる様々な水草。陸の植物よりも葉は柔ら
かそうで薄く繊細。

黄緑色の柔らかそうな葉を持つ水草が、気泡をたくさん抱えている。光合成？　これが光合成で作られた酸素かどうかはわからないけど、届く陽光は少ないはずなのに底が薄明るいのは、どうやら淡く発光する苔や水草があるせいらしい。

触れると葉が抱えた気泡を手放し、細かな泡が上ってゆく。水草によっては、どういう原理か俺の顔くらいの気泡を留めているものもあって、つつくのが楽しい。

材木を取りに来ただけのはずだが、思わず遊びまくる。

って、気づいたら、なんかでかい遮光器土偶《しゃこうきどぐう》みたいなのがこっちを覗《のぞ》いてるんですけど。五能線木造駅《きづくり》かここは！　――足は両方あるな。

瞳《ひとみ》が見えないのでなんともいえないけど、隠れ切れてない木の陰からこっちを見ている。気づいていないふりして、顔の正面からフェードアウトすると、音もなく体ごとこちらに向き直るんですけど。

ねえ、その巨体、どうやって動いてるの？　いや、俺みたいに水の精霊に水流で動かしてもらってる気はするんだけども。

精霊だよね？　敵意は感じないけど、これ、挨拶《あいさつ》した方がいい？　遮光器土偶って、どっちかというと火山とか溶岩のイメージがあるんだけど、なんで水中？

「ええと、こんにちは。お邪魔してます？」

いや、横を向いてもその尻幅でその木に隠れるのは無理です。関節が動くわけでも表情が動くわけでもないのに慌《あわ》てているのがわかる。さては引きこもりか！

「危害を加えたり、無理やり引きずり出すような真似はしないです。たまに来て家具を作るために2、3本木をもらってもいいでしょうか？」

大きさから言って、たぶん現在のここの主だと思うのでお伺《うかが》いを立てる。

「あ、これ畑の土ですが……」

周囲の精霊にそっと好みを聞いて、【収納】から土の入った麻袋を出す。塔の空中庭園用に用意した、パルの力が宿った土だ。

麻袋は出した途端、水流に巻かれて土偶のそばへ。土が土偶の目の穴に吸い込まれる。え、そっち⁉

ふよふよと漂《ただよ》い、俺の手に返却される麻袋。手に取ったところで、ゴッと鈍い振動が起こって、土偶の周囲の木が4、5本水中に浮く。根から黒い土塊《つちくれ》がゆっくりと水底に落ちる。

「えーと、それをもらってもいいのかな？」

土偶の代わりに周囲の精霊が肯定する。

「ありがとう」

俺が礼を言い終わると、土偶が気泡を上げつつすごい速さで離れていった。形が動かないからなんか変な感じ。

「ありがとう、土偶」

抜く手間が省けた。その気泡のあとに向かってもう一度礼を言う。精霊のありようを深く考えてはいけない。

その場に漂う木を【収納】して、水から上がる。湖なのに潜水病にでもなりそうな深さだが、そのあたりも対処済み。思いもかけず楽しい時間だった。

精霊たちにも礼を言って、飯！

取り出したのは、クリスたちに渡した卵サンドと同じもの。トーストしたパンにバターをたっぷり塗って、卵もたっぷり。バターを塗るのは具の水分がパンに染みてぺったりしないように。バター自体も美味しいけどね！　クリスたちの分は冷めてカリッとしなくなったろうけれど。

寒いここではこの温かさがご馳走、主役はボルシチだ。ビーツをちゃんと入れてみたせいか、インパクト溢《あふ》れる鮮やかな深紅色。そこに白いサワークリームを落とす。これをスプーンで溶かしながら混ぜて食べる。

好みから言うとビーフシチューとか、ポトフとかミネストローネの方が好きだけど、たまにはいい。

海老《えび》フライのロールサンドをもぐっと。食後にコーヒーを飲んだ頃には、体もだいぶ温まった。美味しいし、幸せ。

さて、魔物が出るけど、ここで枝を落としたり扱いやすくして【収納】し直そう。何もない荒野なのが好都合。

もらった5本の巨木を出して、『斬全剣』で整える。真っ直ぐ伸びたもの、大きな瘤《こぶ》のあるもの。瘤の部分は木目が複雑で美しい素材が取れると聞くので、遮光器土偶なりに選んでくれたようだ。

枝もぶっといので使えそう。すごいな～と思っていたら、またもや気配。

「ば、ばかな。女神の巨木が……っ」

「緑の女神の地を荒らした……？」

「いや、女神がお与えにならねば、あの深さだ、掠《かす》め取るにも枝が精一杯であろうが」

こっちが風下なんで丸聞こえだ。もしかしてここの材木、所有権とかあったのか？　でもなんか女神って――土偶ってそういえば女性だったな。見られたの面倒くさいな、と思いながら声の方を見やる。

ドワーフ！！！！　いや、違うかもしれないけど、ずんぐりむっくり髭《ひげ》！　ドワーフ！

「精霊が引っこ抜いてくれたものだぞ」

「言葉が通じるだと⁉」

【言語】さんには大変お世話になっております。

「我は地の民、黒鉄《くろがね》の竪穴《たてあな》のガムリ」

「同じく、赤銀《しゃくぎん》の谷のグリド」

「同じく、硫黄谷《いおうだに》のモリク」

最初に名乗ったガムリは黒、三つ編み。グリドは焦げ茶で真ん中から左右に分かれて大きく弧を描く。モリクは茶色寄りの金茶、2人に比べて短めで普通に真っ直ぐ。全部、髪ではなく髭の話。

「ナルアディードのそばの島、ソレイユ。島の名前はまだない」

ジーンと名乗っても平気かもしれないけど、念のため。

「長い者よ、お前は緑の女神に会ったのか？」

長い……、いやまあ俺も3人を見て、ずんぐりむっくりだと思ったたし、自分の種族を基準に考えたらそうなるか。

どうやらガムリがリーダーらしく、2人より前に出て俺に聞く。

「緑の女神というのが土《ど》……焼いた土でできた人型ならば会ったな」

「おおっ」

「なんと、外の者が……。夏至《げし》でもなしに!?」

オーバーアクションドワーフ。髭で覆われてて小さな表情がわかりづらいから、大袈裟《おおげさ》なのかな？

「それはまさしく女神の容れ物、中に女神がおわす」

神妙な顔で言うガムリ。

速報！　土偶《あれ》は着ぐるみ！　やっぱり引きこもり？

「我らは毎年、夏至に女神に大地を一掴《つか》み捧げ、枝をいただく。お前はどうやって巨木を得たか聞いてもいいか？」

「大地を一掴みって……」

周りを見る俺。あるのは歩いてきた荒涼たる風景。

「まさかここのか？」

土偶の好みからはほど遠い、草も生えない土地。寒く、降雨量が少ないこともあるけど、岩だらけの土地だ。

「うむ。冬至《とうじ》の日に大地を一掴み得て、儀式を執り行い夏至までの間、祈りを捧げしものだ」

「儀式と祈りで緑の生える豊かな土になるとかはないよな？」

中原には風の精霊が豊かな土を運んでくる。儀式とやらに、気の持ちよう以外になんの効果もないとは言い切れない世界だ。

「そのようなことが起これば、ここはとうに他の種族が押し寄せていよう」

ですよね～。

「女神が好むのは木々の育つ豊かな土だ。捧げる土に何か指定はあったのか？」

過去のどこかで伝言ゲームにミスが発生している気配。

「……ない。それで最近は枝さえも下賜《かし》されぬのか……」

「ならばさもありなん、最近はここも苔さえ生えなくなったからの」

「これは急ぎ全ての穴蔵に伝えねばなるまい」

3人が口々に言う。

穴蔵ってなんだろう？　村とか集落の意味で使ってるっぽい？

「長いの、礼を言う。ところでその木は何にするつもりだ？」

「家具とか扉、腰板《こしいた》だな」

床板もいけそうだ。だが、材木が乾くまでまだ先の話。

「加工する職人は決まっておるか？」

「いや、この湖の木を加工できる者が、我らのほかにいるとは思えぬ」

「そうじゃ、我ら以外はまともに斧《おの》を打ちおろし、鋸《のこ》を入れることさえできぬだろうよ」

話す順番は大体ガムリ、グリド、モリク。あとから聞いたら、髭の立派な順に発言権があるっぽい。

「いや、もう枝は落としたし」

「ば、ばかな！」

「なんと美しい切り口！」

「本当じゃ！」

またオーバーアクションいただきました。

「女神の巨木、夢の女神の巨木が……。だが、俺より切り口が美しい」

「せめて枝の加工を生きているうちに。しかし、俺の技術も及ばん」

「枝で戦斧《せんぷ》の柄を……。だが、力不足」

打ちひしがれる3人。使ったのが『斬全剣』なもので……。

「どっちにしろすぐ加工は無理だろ。乾かすし」

「俺は乾かせる、乾かせるぞ！　その女神の巨木を乾かしてやろう、いや乾かさせてくれ！

俺の技術がどれだけか！　女神の巨木に触れてみたい……っ!!」

ガムリがなんか五体投地状態で、地面を拳で打つ。

「まあ、乾かしてくれるならありがたいけど」

「本当か!?」

やめろ、髭の親父が涙目ですがってくるな！

「ぬおおおおおおっ！！」

「黒鉄の竪穴のガムリ！　男を見せろ！」

「黒鉄の竪穴のガムリ！　地の民の力を見せろ！」

「ふぬうううううっ！！」

「黒鉄の竪穴のガムリ！　もう少しだ！」

「黒鉄の竪穴のガムリ！　あと２本あるが！」

そういうわけで丸太の乾燥を頼んだのだが、うるさい。ドワーフって無口なイメージだったんだけどな。ああ、でも白雪姫の７人の小人もドワーフって言われてるのか。なんか納得。

魔法……ガムリは技術と言ってるけど、視《み》てると精霊が手伝って水を抜いている。しかもなんか唸り声と２人の応援の声に魔力が乗っているらしく、声が上がるたび精霊が力を貸す。声を面白がってるようでもあるけど。

鍛冶師《かじし》とかで島に来ないかなーなんて思ったが、勧誘はやめておこう。たぶんこれ、応援する仲間が多いほどいい仕事できる奴だ。

『精霊の枝』や神殿で時々ある、賛美歌みたいなもんか。あれも声に魔力を乗せる。見てくれだいぶ違うけど！！！

根性で全部ひび割れもなく均一に乾燥させて、最終的にぶっ倒れたガムリを2人が運んでいった。お礼に枝を1本ずつあげたらとても喜ばれた。この巨木を前に無欲だな、と思ったけど、1年の半分を費やすような儀式をしても、もらえない枝だった。

息も絶え絶えなガムリに、黒鉄の竪穴まで案内するという石をもらったので、そのうち工房を見学させてもらおう。暑苦しい記憶が薄れた頃に。

一気に疲れたので、丸太や枝を【収納】して『家』に帰る。静かな時間をリシュと過ごしたい気分。

◆◇◆◇◆

翌日は塔へ。

アッシュと遠駆けもしたいけど、当のアッシュはリリスにどのような暮らしをしているのか見せるために、執事を含む3人で冒険者ギルドの依頼を受けている。

今日は本館に行くので、ナルアディードから舟。船頭の爺さんと世間話をして、噂話を教えてもらう。

島の移住者募集の話が、ナルアディードを中心に周辺の街を巡っているそうだ。ただ、水もないのに水路に関するお触れとか、最低2日にいっぺん着替えて洗濯しろとかいうお触れを、大半が不審がっていて様子見。

今は空《から》の水路だけれど、流れる予定です。まあ、普通信じないな。

しかし、着替えと洗濯は――どう考えてもこの暑さで着替えないのは……っ！　島民に服を支給するべき？

桟橋に舟が着くと、船頭の爺さんに礼と心づけを渡して、今度は遠巻きにしている子供を呼び寄せ、飴玉で懐柔して島の様子を聞く。子供たちが自分で見つけたことや親の愚痴《ぐち》、結構面白いし気づきもある。

元気いっぱいで飴玉1つで大喜び、話してると世界が明るくいいものに感じる。

この島に来た当初は、暗くはないけど一生懸命稼ごうとして必死な感じだった。一生懸命は変わらないけど、必死な感じは鳴りを潜めた。たぶん島はうまい方向に進んでいるんだろう、ちょっと安心。

海沿いの村を抜けて、しばらく坂を上り、廃墟に手を入れた古くて新しい家々の間を通る。敵の進軍を阻止するためか、道が狭くだいぶ入り組んだ作りだったのだが、いくつかの家を壊して道を広げ、水路を通した。

それでもまだ入り組んで、階段も坂も多い。というか、新しく建物と建物をアーチで繋《つな》げたり、真っ直ぐ行ける広くなったスペースに別なものを建てたりと、石工が大活躍して不思議な路地が出来上がっている。

水路は、その路地に絡みながら水の流れを見せるもの、暗渠《あんきょ》を流れるものと、地面の上と下を行ったり来たりすることになる。

それにしても、金銀の鉄壁防衛の希望が揺るがなくてですね……。一応、桟橋から村を通って、1本だけは馬車の通行がギリギリ可能な道を通したけど、日本の感覚でいうと広さは路地の域を出ない。それでも、防犯上、いくつかの門を通るようにされてるけど。その通りから1本入るとほぼ迷路、どれだけ鉄壁にしたいのか金銀。

まあ、歩くと目の前に意外なものが現れる迷路のような路地が楽しいので、今ではこれでよかったと思っている。

公衆トイレも作った。勢いよく流れる水路を広げて流れを穏やかにし、堰《せき》を作って勢いを抑え、水汲《く》みなどができる水場も何カ所か作った。

水場から流れる水は下水に。宿屋や飯屋、立地がよかった家は、家の中に水場を設けたところもある。賃料お高め設定だとも。

石に覆われている状態だけど、あちこち地面も残し、とりあえずうちの庭師さんに、街全体のコンセプトでなんか植えてくれって頼んだので、そのうち石壁石畳だけじゃなくって綺麗な路地になるはず……。丸投げともいう。

水路と下水は浜辺の集落にも引いたんだけど、家をある程度壊したりしないといけないので、まだ引いただけ。水を流したあとに上の新しい街に移る家族が半分と、浜辺に残る家族が半分。残る半分の家族も家を建て替えることには合意してくれてるので、その辺は街の整備が終わってから。舟屋付きの家とか、一時滞在の宿屋とか――あとは必要になったものを増やせばいいかな。

路地を抜けて広場に出ると、明るいし開放感。正面には『精霊の枝』、ここに城からの水路が一旦入り、いくつかに分かれて島を巡る感じ。

で、路地より広い道を通って、城の城門。城壁内の広場を抜けて、橋を渡ると中庭と本館がある。水道橋と一体の石橋の下は断崖絶壁です。

子供たちとはここでお別れ、働く石工や大工に挨拶しつつソレイユに会いにゆく。

途中、本館の廊下でマールゥがモップがけをしている。

「お疲れ」

「はいはい、がんばってるよ～」

上機嫌なマールゥ、掃除が好きなのは本当だったようだ。

こっちの世界の廊下や食堂の床って、イラクサやら殺菌効果のあるハーブの類《たぐい》を絨毯《じゅうたん》代わりに敷いて、年に何度かそれごと捨てるという。ダイナミックというか、床にものを捨てるなよというか……。ネズミの死体とかも混じってるらしいんで、聞いた時は本当にどうしようかと。

しかし、石畳に底が硬い靴、もしくは布靴じゃ、確かに足に負担がかかる。でも暑いんで、絨毯を敷くかどうか迷っている現在。なんか靴底の素材、見つけに行くのが早いのかな。

「ソレイユ、これ預かって」

「なんでしょう？」

執務室を訪ね、ソレイユに頼みごとをする。俺が入室したと同時に、控えていたファラミアが一礼して隣の部屋に移動。

「菓子の保存瓶。さっき休憩室に寄ったら、すでに空っぽだったんで」

使用人は洗濯場とか適当な場所でサボるのが普通のようだが、お茶を飲めるように休憩室を設けた。

で、チェンジリングたちへの報酬《ほうしゅう》である、クッキーや飴を日付を書いた保存瓶に2週間分入れておいたのだが、1週間経っていないのにどの瓶も空。調整できないダメな大人がいる様子。

「ああ……」

察したらしいソレイユが視線を逸らす。

そこに、コップを載《の》せたトレイを持ったファラミアが戻ってきた。

「ありがとう。週にいっぺん配ってくれ。あとこれはおまけ、1つは2人でどうぞ」

保存瓶4つと細長い木箱を2つ渡す。木箱がおまけだ。

「開けても？」

「どうぞ」

返事をすると、ソレイユが受け取った箱をファラミアに回す。

俺はファラミアが持ってきてくれた、ミントを1枚浮かべたレモン水を飲む。氷が欲しいところだが、それは贅沢《ぜいたく》すぎる要望だろう。

「いい匂い……。美味しそうね」

ファラミアが箱を開け、白い指でラムを染み込ませたガーゼを開くと、覗き込んでいたソレイユが呟《つぶや》く。

毎度クッキーと飴もどうかと思い、ナッツとドライフルーツをたっぷり使ったフルーツケーキを作ってきた。ラム酒と砂糖もたっぷりなので常温でだいぶ持つ。

「じゃ、よろしく。ご馳走さま」

そう言って部屋から出ると、閉めた扉の中から声。

「ソレイユ様、これは分配で血を見るのでは……」

「そうね……。ああでも、1人1人に切らせて、切ったのと逆の順番で選ばせればいいんじゃないかしら？」

ソレイユ、頭いいな！　でもそれ、アウロが甘いものに興味ないから、アウロの切る順の時に悲鳴が上がりそう。

いや、その前に。うちの使用人って2人が沈痛な声を出すほど、菓子の争いがひどいの？　まさか本当に流血沙汰とかじゃないよな？

ちょっとした疑惑を胸に、自分の塔に移動。今日は一番てっぺんの改装！　塔の上はチェスのルークみたいな形をしている。その上の真ん中に円錐形の屋根のついた小屋がある感じ。

改修してくれた大工には悪いが、床板はそのままに、まずこの屋根と壁を撤去、【収納】に放り込む。『斬全剣』と【収納】のお陰で楽だ。当初半分残すつもりだったんだけど、防水方法の関係で残すと具合が悪かった。

のこぎりみたいなでこぼこの鋸壁《きょへき》の内側を綺麗に整える。ちょっと床の高さの石壁を削る。床にモルタルを敷いて平らにし、そこに薄く丸く切ってきた大理石をぴったり嵌《は》める。大理石は吸水率が低い、ついでに風呂桶も大理石だ。

大理石の板は持ち上げると自重で割れそうだけど、そもそも持ち上げないので平気。というか、削った石壁に嵌まっているので、石壁を崩すか大理石を割らない限り、二度と持ち上げられない。

面倒だったんですよ、防水。これならあとはビチューメンとか土瀝青《どれきせい》と呼ばれる、いわゆる天然アスファルトを隙間にぬりぬりすれば済んでしまう。

一旦下の階に【転移】して階段を上がり、下から出入り口の穴を空ける。あとは土の厚み分、階段を追加して、水抜き穴を作って——大理石の板自体に少し傾斜をつけてるので、たぶんこれでいいかな。

よし、休憩。昼！

おにぎりをもぐもぐしていたら、下からアウロの呼ぶ声。

「なんだ？」

下りていって、玄関から顔を出す。

「職人たちが、こちらの塔の屋根が突然なくなったと騒いでおります」

「そういうこともある」

このあと突然屋根が現れることもあるので諦《あきら》めて欲しい。

あるわけないだろうそんなこと！　という顔で見られるが、気にしない。目立たないように夜に作業をしようかとも思ったけど、暗いと位置を合わせるのとかが不便で無理。

「適当に誤魔化《ごまか》しといてくれ。キールが一緒じゃないのは珍しいな？　いや、そもそも昼飯の時間か」

「……キールたちはケーキの切り分けに夢中なもので」

ため息をついて答えるアウロ。

あー。

「途中、私がいい加減に切ったせいで阿鼻叫喚《あびきょうかん》でした」

どこか清々しく告げるアウロ。

「昼飯後のデザートで出したのか」

「ソレイユは出すつもりはなかったようですが、キールとマールゥが木箱を見た途端、戦闘を始めそうになりまして……。ソレイユの提案で、全員で切り分け始めたのですが、休憩時間いっぱい使いそうですね、あれは」

もういっそ秤《はかり》を使えと思ったが、それはそれでフルーツの配分で揉《も》めそうだ。

アウロは昼抜きだそうです。

「今から戻っても食いっぱぐれるんじゃないか？」

「動くのにまだ不足は感じませんので」

「ああ、じゃあちょっと実験に付き合ってくれ。待ってて」

アウロをホールに入れて、俺は上に駆け上がる。何もない部屋に味も素っ気もない机を出して、薄切りにしたパンにニンニクとオリーブオイルを塗ったものを並べる。興味があって用意していた食べ比べ用だ。

「用意できた、上がってきてくれ」

「なんでしょうか？」

丁寧《ていねい》だけど、相変わらず暇だから仕方なく付き合ってやっているやれやれ感の男。

「いや、どの組み合わせで味がするのかと思ってな」

並んでいるのはそれぞれ、街で買った作物で作ったもの、畑で採れたこっちの作物、『食料庫』の作物と交配させた作物、そして食料庫のもの。

「一応、酒ね」

なんで一応かというと、俺の作った白の泡、作ったはいいけど俺は飲めていない。来年、来年には成人するから！

クリス曰《いわ》く、べたつかない甘さ、細やかに弾け踊るような泡の口当たり、だそうだ。

アウロがため息をついて、いただきます。まあ、食うことがどうでもいい人に付き合わせているんだからしょうがない。でも、腹塞《はらふさ》ぎにはなると思うから諦めてもらおう。

「これは味がありません」

「うん。その辺で買ったものだな」

「これも味がない」

『食料庫』バツ。

「こちらは味はしますね」

少し表情が変わるアウロ。

『食料庫』と畑で採れたこっちの作物の組み合わせだ。

ここでワインをひと口、これも味はするようだ。使った葡萄《ぶどう》は『食料庫』の葡萄を果樹園に植えたもの。でもワインの樽《たる》には、精霊たちがちょっかいをかけていた。

「素晴らしい。このワインがあれば食事時間が多少楽になる程度には」

普段どんだけ食事が苦痛なの？　いや、味のしない仲間だった周囲が、菓子でわいわいやってたら嫌か。

「ああ、でもだんだん味を感じる……。これは美味しいです。なんなんですかこれは？」

最終的に判明したのは、畑の交配種が一番味がして、美味しいと感じるらしいこと。交配種から作ったオリーブオイルとかを、全体に行き渡るように使っていると、他の材料が混入していてもまあまあ美味しいらしい。

「なるほど」

出会った時に渡した生地に苺《いちご》を混ぜたクランベリークッキーからして、まあ少し予想はついていた。

うちに来る神々も、完全に自分たちで生み出した——というか、俺の寿命から作り出した『食料庫』のものは、好物以外は味がしないし。

腕のいい薬草師の作った薬茶とかは味がするって言ってたし、美味しいか美味しくないかはまた別で、たぶん精霊がちょっかいを出した作物に味を感じるんだろう。で、その中でも『食料庫』のものと交配させたものがいいらしい。

ここでも精霊と物質——この場合、俺のいた世界が物質界だから——のハイブリッドがいいみたいな結果。

いや、ただ単に味がするようになったあとの、美味しいかそうでないかのジャッジは、原種寄りのこっちの作物より、品種改良されている日本の作物の方が美味しいからか。

「最後、これは？」

出したのはチーズ入りオムレツ。庭の草を食べている牛の乳から作ったチーズ、同じく鶏《にわとり》の卵。

牛は仔牛もいないのに乳を出す。家畜小屋は精霊が入り放題なのでこう……、島に連れてくる気満々だったのに、ちょっとできなくなった気配がする。

バターを溶かしたフライパンに溶き卵をじゅっと一気に流し入れ、外側から内側にくるくると掻き混ぜ、ちょっと寄せたところにチーズを入れてくるっとひっくり返した。ふるっとしたオムレツ。

「美味しい……っ」

ちょっと愕然《がくぜん》としている感じのアウロ。

ああ、やっぱり精霊の影響をたくさん受けたものだと、感じる味が濃いというか、俺と同じように感じるのか。

俺の『家』もカヌムの家も、キッチンに精霊が入ってこられないようになっている。料理中も精霊に手伝ってもらった方が、感じる味が濃くなったりするのかな？　この塔では出入り自由にしよう。

味を感じることと、美味しいと思うかはまた別で、アウロはせっかく味がする甘いものは好きじゃなかった、と。

「甘いもの苦手だったんだな、アウロ。協力ありがとう、今度から甘くないものも出しとくから」

甘くないものは普通に食えるようで、よかった、よかった。

「じゃ、俺は作業に戻る」

「お手伝いいたします」

顔を見ると、珍しく嘘《うそ》くさくない笑顔のアウロ。

ん？

「いや、1人の方が気楽だし」

「私のことは便利な道具だと思っていただいて結構です。我が君の不利になるようなことはいたしませんし、先ほどの屋根の件も取り繕《つくろ》ってみせます」

ん？

「何か悪いもんでも食べたか？」

なんか態度がおかしいんですけど。あと距離が近くないか？　今まで1メートル以上のソーシャルディスタンスだったよな？　物理的距離も心理的距離もばりばり取ってたよな？

「たいそう美味しい料理をいただきました」

にこやかに言い放つアウロ。

え？　いや、ニンニク味のパンとオムレツだけだぞ？

心の距離も物理的距離も遠かったはずのアウロと、なぜか石を積んでいる。

一応、先に来て【収納】から建材は出した。どうやって運んだかは考えないものとする。階段の周りと風呂を設置する場所に、土を入れる高さまで石を積む作業だ。

イケメン、土木仕事似合わないな、おい。腕まくりなぞしてるけど、終わったあとに顔と肘から下が小麦色なツートンになったりしないんだろうか？

「アウロは日焼け大丈夫か？」

この地域の人って、職人はともかく日向《ひなた》は避ける。ナルアディードをはじめ建物が密集しているので、広場以外は自動的に日陰になってる。

建物の窓が小さいのは、ガラスが高価なだけでなく、陽の光を入れないようにしている面もあるのだ。冬が終わると本当にずっと晴れてるからなここ。

「陽の光は私にはあまり意味を持ちませんので。人の病にもほとんど罹《かか》りません。私が作業を進めましょう、我が君はお休みいただいて――」

「いや、俺も平気」

なぜなら【治癒《ちゆ》】が普段でも緩《ゆる》く効いているので、病気どころか日焼けもしない。

そしてあれです、２人がかりでやるより、モルタルを塗ったら【収納】から直接出しちゃった方が早いんですよ……っ！　材木ほど長くないから微調整簡単だし。

あ、頑張って出し入れの修業をしたら、微調整もいらなくなるだろうか？　あとで修業しよう。

「……我が君、私は我が君の能力を使うためにお邪魔でしょうか？」

察しがいいのも困るんですけど！

「我が君の意に添わぬことは、契約を別としても口にはいたしません。私は頭から尻尾まで我が君のもの」

「尻尾!?」

あるのか!?

「ご覧に入れましょうか？」

「いや、いいです」

男の尻は特に見たくないです。

「左様ですか」

笑顔のアウロ。

はっ！　からかわれた!?

いや、チェンジリングは、元は不完全な聖獣ってディノッソが言ってた。人は我が強いからそのまま乗っ取るのってなかなかできないらしい。だから赤子を狙うんだけど。

それは置いといて、人の姿を奪う前に猫とか犬とかの聖獣だったら、尻尾があったりもするんだろうか……？

……あるの？

「私は下がっておりましょうか？」

そう言うアウロの顔が、粗相して叱られたゴールデンレトリバーに見えてきた。あかん。

「契約もあるしバラしてもいいけど、俺はいざとなったらこの島ごと捨てて1人で逃げるぞ？」

最初にそれは、ソレイユを含めて、俺が直接契約した人には話してある。

いつか島を捨てるかもしれない領主だから、人前で取り繕ってくれれば、敬ったりしなくていいと。

「はい、そのようにお伺いしております。その時は身辺を綺麗にし、ご迷惑をかけない状態にしてから、我が君のあとを追わせていただきます」

あ。これ顎《あご》精霊と同じだ、なんか執着された。なんだ？　俺の顎は割れてないし、ディーンみたいに臭《にお》わない……はず。やばい作業で汗かいてる？　よかった、風呂に入れば解決か。

「えー。じゃあ石を置くのは俺がやるから、微調整を頼んでいいか？」

「御心《みこころ》のままに」

一旦、石を【収納】し、モルタルを塗った場所に出す。

「やはり【収納】持ちでいらしたか。確かに公にすると面倒ごとが多そうですね」

驚くこともなく、石の微調整をするアウロ。

まあ、この上の建材といい、納屋の大量のガラスといい、全部に関わっていない職人ならともかく、ソレイユと金銀にはバレるわな。訂正、アウロとソレイユにはバレるよね。

キールは未だ菓子の製作者が俺だって気づいてないみたいだし、本当にあの見た目で脳筋らしい。マールゥは薄々気がついているけど、特に俺となれ合う気はなく、騒いでいる割に契約通りの菓子の量があれば、こちらに何も言ってこない感じ。

他のチェンジリングもたぶん気づいてるけど、俺への遠慮もあって絡んでこない。人に興味があるのはチェンジリングの親にあたる精霊であって、どちらかというとチェンジリングは人嫌い。

キールは人の部分が多く残ってるんだろう、たぶん。ちょっと脳筋すぎる気がするけど。きっと大量のガラスを、どうやって小舟で運んだんだろうとかは全く考えないんだろうな。口は悪いけど、裏がないので結構好きだ。

アウロのお陰でさくさくと作業は進み、木造を石の柱に変え、屋根をかけ直して終了。屋根は元の屋根を使い回している、【収納】は本当に便利。

土はモルタルが乾いたら入れる予定、水が通ってからでいいかな？　ヴァンからもらったガラスタイルもそのタイミングだし。

「はい、お疲れ様。予定より早く終わった、ありがとう」

「屋根は1日かけてかけ直したことにしておきます」

笑顔のアウロ。

ああ、そういえばそれを聞きに来たんだったな。消えたり出たり忙しい屋根ですね……。

翌日は『家』で、もらってきた木を板にする作業。ちょうど丸いし、薄切りにして床に敷いてみようか。

精霊が納屋の中を飛び回り、木の根付近の瘤を撫でている。納屋の入り口から大部分の丸太がはみ出しているのはご愛嬌だ。もういっそ外の方がよかったかな。

【鑑定】結果で花櫚《かりん》とか紫檀《したん》とか呼ばれる木の、なんか瘤ができた根の方を『斬全剣』で試しに輪切りにする。現れたのは綺麗な色と模様。

よしよし、あとで艶出し頑張――、

「ああ、やってくれるのかありがとう」

リシュが切ったばかりの面をくんくんと嗅ぐ中、精霊たちが飛び回って断面に触れると、表面に飴色がかった艶が出る。

……。

これで水車を作ろうと思ってたんだけど、なんか怒られる気がしてきた。水車の1台や2台……いや10台以上、余裕で作れて余りそうだけど。

最初の予定通り、水車は樫《オーク》で作ろう。とても硬くて丈夫な、こっちでよく利用される素材だ。

木材を変えて、加工を始める。リシュが端材《はざい》で遊び始めるのを横目で見ながら、『斬全剣』でサクサクと。いやもう、こっちに来た時に、折りたたみの小さなノコギリでごりごりやってたことを考えると天国。

そういえば、戦乱が続いている中原や、魔物が棲《す》む場所の近くでは、家具は丈夫か、逃げる時に持っていける軽いものが好まれる。カヌムの家具が簡単な設計なのはどうやらそのせいらしく、ナルアディード周辺はもうちょっとましだった。

水車作りには、あんまり幅は取れないけど、あとで反ることの少ない柾目《まさめ》板を使う。

ついでにドワーフの能力を見て覚えた水抜き乾燥を、切り出したあとにかけてみた。

俺が魔法をかけるそばから、精霊たちが両手を来い来いという感じで振る。板が細かく震え、水滴がきゅーっと表面に滲《にじ》み出て集まり、ビー玉みたいな水玉になって、精霊たちの腕に向かってふよふよと漂ってゆく。お手伝いありがとうございます。

なんか無事、この樫も使ったら怒られるやつになった気がするけど、島で使うからいいか。

「リシュ、行くぞ」

精霊たちに礼を言って、出来上がった板や角材を【収納】に入れ、リシュを連れてカヌムに【転移】。

薬草や素材を採りに森に入らない時は、家で仕事をしていることになってるので、リリスとリードがいる間は、なるべくカヌムで作業をしている。

俺の山の『家』よりここの方《こっち》が涼《すず》しい。どっちにしても湿度が低いので俺は過ごしやすいんだけど。

水車の水を受ける羽根の部分や枠をせっせと作る。8つのユニットに組み立てて、あとは現地でくっつける予定。羽根の角度とか、大きさとか——本当は、水の勢いや地形を見て調整するんだろうけど、流れる水自体が人工なので水量も勢いも調整できる。

水車小屋は街と城内の広場を区切る城壁にくっつける予定、城壁の中に粉挽《こなひ》きの場所を作る。職人たちがもう手を入れているはずだ。城塞の船着場に近い、本館側がいいんじゃないかって言ったら、金銀が警備が手薄になるって反対した。

本館側での食料や素材の搬入搬出を考えると、橋の反対側で遠いんだけど、作業する人の出入りもあるからって。布作りでも職人が使うことになる。

で、結局水が豊富になる予定だしってことで、さらに街に1つ、城塞の本館側に1つ追加で、3つ作ることになった。俺が作るのは街のもの、粉挽き屋とパン屋も兼ね、そして隣が風呂屋の予定。

薪《たきぎ》の値段が馬鹿にならないので、どうしてもこうなる。パン屋があるのって、家庭での薪の消費を抑えるためだよな。幸いなことに島は冬でも暖かいし。

あ、薪を取れるように将来に向けて木を植えよう。火持ちがいい樫でいいかな、乾燥しづらいけど。樫の生葉《しょうよう》や生木《なまき》は他の木と比較すると燃えにくいこともあり、延焼防止用に昔の日本でよく隣の家との境に植えられた木だ、防音効果もある。

街の水車小屋付近にも植えておこう。音がするし、年中火を使うから、石造りの建物とはいえ、火災の予防策は多い方がいい。街外れに作るから植えるところには困らない。

樫といえばどんぐり、どんぐりといえば豚。でも、確か樹齢30から50年の樫の木が、1頭あたり30本は必要だ。まあいいか、他のものも食わせれば。

島の使える場所の4分の1を街と城塞、他は森と畑にする。下手すると城塞の方が街より広いくらい。でも島民が手伝って、土留めの石積みを作ってくれているので、畑に使える範囲は広がりつつある。

この島の大部分が白い石でできているというか、白い石でできた島が風化して土が溜まってきたみたいな……。島自体にも土を持ち込んで入れるかな。

色々考えながら作業をしてると楽しい。そしてなんか訪問者の気配、裏口だしディノッソかな？

作業をしていた3階から降りて、扉を開ける。

「おう、いたな。これは手土産」

「もう森に行ってきたのか？」

いたのはやっぱりディノッソで、籠《かご》いっぱいのキノコをくれた。

「今日は仕事は休み、朝っぱらから家族でキノコ採り！　奥さんの作るキノコソース美味《うま》いのよ」

ウィンクしてくるディノッソ。

こっちは初夏から美味しいキノコが生える。秋は秋で違うキノコが生えるけど、夏の楽しみだし、勤勉な主婦の間ではキノコの保存食を作る季節でもある。キノコも果物も蟻《あり》より早起きして採りに行くのが普通。

籠の中には大まかに3種類、プルにアンズタケ、ピエブルーというピエの青いの。どのキノコも旨味が強くて美味しいものだ。去年もディーンたちにもらったなあと思いつつ、ありがたくいただく。

俺もあとでエクス棒とキノコ狩りしようかな。

「で、ノートから伝言」

「うん？」

ノートはリリスから目を離さない感じで、早朝に会わない限り話す機会がない。

「直接お前にゃ関係ないけど、どうやら腕のいい暗殺者を集めてる奴がいるらしくって、消えた面子《めんつ》からして大物狙い、もしかしたら勇者じゃないかって」

「へえ、まあ暗殺されたらされたでいいけど」

関わりませんよ！

「ナイフ使いの赤毛の死神、黒髪の忌子《いみご》、子爵のあだ名を持つ暗殺者……」

ん？

「他にも毒使いと呼ばれる奴とか——俺が知ってるだけでも結構な顔ぶれだな」

その毒使い、パメラとか言わないよな？　赤毛とか黒髪とか、なんか知ってる人な気がしてきたんだけど、気のせいだよな？　庭師、庭師もなの？

俺のところの従業員の、就職技能条件確認しないとダメ？

「どうした？」

「イエ、ナンデモゴザイマセン」

不穏、不穏、不穏。

「ま、勇者がターゲットと決まったわけじゃねぇし」

コミカルな表情を作って明るく言うディノッソ。俺のカタコトになんか勘違いされた気配。

「いや、そっちは別に――」

「ジーン！　こんにちは」

どうでもいいと続けようとしたところに、石畳を蹴る軽い音がしてディノッツォの後ろからティナが顔を出す。

「ティナ、こんにちは」

「ちょっとかがんで？」

「うん？」

ティナが手を後ろに組んで笑顔で見上げてくる。

「これは私からのおみやげ！」

背中に隠し持っていた花を、耳のあたりに小さな手で挿《さ》してくれる。

「ありがとう」

「これからキノコを塩漬けにしたり、オイルに漬けたりするの！　私も手伝うのよ」

「それは美味しくできそうだ」

こんな感じで家庭の味が受け継がれてくのか。シヴァは料理上手だし、ティナも料理上手になりそう。

「男どもはひたすらキノコを洗って、ゴミ取りだ。ま、夕飯食いに来いよ」

香りを大事に丁寧に扱う人もいるが、なにせ野生のキノコ、ゴミもついていれば虫もついている。大量だし、ブラシで優しくなどとやっていると傷んでしまう。最初の1本とか超高級品でなければ俺も洗う派です。ナメクジがナメナメした跡もあるしね。

「おー、じゃあ、あとで差し入れ持ってお邪魔する」

手伝いを申し出たいところだが、今日はアッシュと昼だ。

執事とリリスは魔石や魔物素材、薬草、塩漬け肉などを買い付けに、あちこち回っていて留守だ。魔の森に面したカヌムの方が安く手に入るので、個人のお土産というよりは公爵家としての商談らしい。

テオラールの城塞都市と取引していたらしいのだが、交易ルートにかかる1つの小国が戦争に突入しそうな気配で、今のうちに保険をかけておくのだそうだ。

城塞都市とカヌムじゃ規模が違うので、最低限らしいけど。リスク分散は大切だと思います。

さて、夜の差し入れは何持ってこうかな？　毎度だけど酒と甘いものでいいかな、目新しいものより期待されてるものを持っていった方がいいだろう。

あとはティナに花のお礼だな。差し入れのケーキに、ティナだけ生クリームで薔薇《ばら》つけとくか。

そろそろアッシュも来るし、飯と一緒に作ってしまおう。そうと決まれば、台所で作業。

ああでも、暑いなここ。朝はそうでもないんだけど、昼間はちょっと生クリームを扱える気温じゃない気が……。

リシュと山の『家』に戻って、再びチャレンジ。こっちの台所はリシュ用の冷え冷えプレートをいくつか設置してある。火も使うし、夏は汗だくになるので、台所だけは季節感を無視することにした。

冷蔵庫ないけど、プレートに載せておけば冷やせるし。こっちの人、腹を壊すことを恐れて冷たいものを避けるんで、きんきんに冷えたのは俺用だけど。

リシュの水を汲み換えて、作業を開始。カヌムの家で仕込んだ肉をひっくり返すのに1回戻ったり、予定より慌ただしかったけど、時間までに間に合った。

「いらっしゃい」

「うむ、お邪魔する。これは土産だ――可愛らしい」

アッシュの視線が俺の顔の横……ああ、花か。

「ティナにもらったんだ。お土産ありがとう」

籠を受け取ってアッシュを招き入れる。

「花という選択肢もあるのだな。気が利かなくてすまない」

「いや、薬草は大助かりだぞ？」

花を贈られても困るのでやめてください。

「どうぞ」

アッシュと食事する部屋は、それなりに整えた2階の城壁側の部屋だったのだが、調理道具が揃《そろ》った食堂状態の路地側の部屋に落ち着いてしまった。おかしいな？

せめて次回から花でも飾るか、と思いながら酒を出して料理を並べる。野菜はせっせと食べさせる方向なので、まずルッコラと生ハムのサラダ。

メインはボンゴレ・ビアンコ、イタリアンパセリの代わりに紫蘇《しそ》を使ったのでほんのり和風。

ビアンコは白で塩味、オイル系、クリーム系、ロッソは赤で大体トマト。今回は、アサリの出汁《だし》と白ワインとで塩味のパスタ。

トマト味のロッソにしようかと迷ったけど、これからの季節、俺の畑でトマトが大量にできる予定なので今は控える。そのうち飽きるほど食えるから。

「いい匂いだが、リリスに何を食べたのか聞かれそうだ」

「パスタを食べたでいいんじゃないか？」

アサリはともかく、ニンニクはこっちでもばんばん使われているので臭っても平気なはず。保存食に欠かせないものだし。

あと、その辺の人は体臭を誤魔化すためにニンニク塗ってたりして、壮絶な臭いをさせている。——いい匂い判定ではあるらしいんだ、ニンニク。俺は一時期、ニンニク食わなくなったけど。

「この貝は牡蠣《かき》とはまた違った美味さだ。いくらでも入りそうで困る」

「肉もあるし、お腹いっぱいにしていってくれ」

フィレステーキ、絶対パスタじゃ足りないと思ったんだ。焦げ色のついた肉をぶ厚めに切り分けると、断面は綺麗な暗紅色《あんこうしょく》。

あの面子で一番食べないのは執事かな？　アッシュは運動量がすごいので太る心配はないだろう。室内にいる時はハシビロコウ並みに動かないけど。

「ああ、もうプルの時期か。私も森で探すとしよう」

「今日、ディノッソ家で一家総出で採ってきたやつのお裾《すそ》分けだ」

ステーキの付け合わせは、もらったキノコをオリーブオイルで炒《いた》め塩胡椒《こしょう》にパセリを少々。

アッシュはワイン、俺はレモンを入れた炭酸水で食事を楽しみつつ、よもやま話に花を咲かせる。

「薔薇？」

「ああ、ティナの花のお返しにやってみた。夕食に呼ばれてるから同じものを手土産にしようと思って」

本日のデザートはブラックベリーのクリームチーズケーキ。焼いたんで外側は狐色《きつね》だけど、断面は可愛らしいピンク色。

上に粉砂糖を振って、ブラックベリーのジュレを一部に塗り、果汁で色をつけたピンク色の生クリームで薔薇を作った。無事薔薇に見えてよかった、よかった。

「む、それは私が先に口にするわけにはいかぬ」

「え」

甘いものに目がないアッシュが手を引っ込めた！

爽《さわ》やかで甘酸っぱいチーズケーキ。なかなかうまくできたと思ったら思わぬ展開。俺のいた国ではありがちなデコレーションだと説明してもダメだったので、薔薇の上にベリーをずぼっと載せて、薔薇には見えないようにして解決した。

そして俺の髪は三つ編みにされた。


「なんだこのザリガニの尻尾みたいなの」

ディノッツォが髪を引っ張りながら言ってくる。夕方、約束通りディノッツォ家を訪れ、俺が席に着いたところで気づいたらしい。

「アッシュが三つ編みにした」

こっちに来てそろそろ2年、伸ばしっぱなしの髪は10センチくらい。普段は後ろで括《くく》っている。挿した花をチラチラ見てくるアッシュに、髪に触れたいと言われたことを思い出し、自分の髪をいじってもいいと明け渡した次第。

特に剛毛というわけじゃないんだが、どういう力の入れ方をしたのか、アッシュの作った短い三つ編みは後ろで反り返って跳《は》ねている。

「そのままにしてんのかよ」

「髪を洗う時に解くよ」

暑いから毎日洗っているとも。洗うの面倒だし、短くしたい。

「面はいいんだから、ちったあ気にすればいいのに」

「できれば切ってしまいたいんだが、女性陣と執事の反対にあっててな……」

奥さんを敵に回したくないとか言って、レッツェも切ってくれない。そして俺も女性陣を敵に回す勇気がない。

ディノッソと話していると、座っている俺の背後に回って双子がザリ……三つ編みを弾いて遊び始めた。男子2人には好評の模様。

ティナには最初不評だったけど、双子につられて遊ぶうち気に入ったようだ。大人2人は微妙なままだったけど。

「ジーン、まだお花つけてくれてるの？」

「ああ。ケーキの上にティナへのお返しが載ってるから、お母さんにあとで切ってもらって」

「何かしら？　楽しみ！　お手伝いしてくる！」

ケーキの箱を慎重に持って、ぱたぱたと台所にゆくティナ。

すぐに運んでちょうだいと声がかかり、双子も台所に飛んでゆく。

アンズタケが平たい笊《ざる》に入れられて棚に並べてある。昼間、中庭にでも干していたのだろう。生よりも干した方が香りがいいキノコだ。

前に住んでいた家と違う家具、違う雑貨。でも雰囲気は変わらないので、ちょっと嬉《うれ》しい。

「お待ちどおさま。たくさん食べてね」

笑顔で子供たちを従えてシヴァが料理を持ってくる。

キノコのサラダ。相変わらずキノコを生で食うのに慣れず、口に入れるまでにちょっと迷うんだが、しゃきしゃきとして美味しい。

焼いて冷やしたプルのソテー。バターとオリーブオイル半々かな？　しつこすぎることもなく、いい感じ。

熱々なのは指を押しつけてくるっと反らせた、小さなパスタ入りのクリーム煮込み。アンズタケ、ベルガモット入りかな？

「美味しい」

キノコからソースの中に香りが出てるし、ソースもキノコによく絡む。小さなパスタがモチっと。キノコはソースを吸うから、中に味が入る。水分が多いブイヨンで煮ると味が拡散しちゃうけど。

「今回はアンズタケが大量だったな」

ディノッソが食べながら言う。肉とパンも出てるけど、キノコが主役の食卓だ。

「キノコ美味しい～」

「いっぱい採った！」

「たくさん採った！」

子供たちも笑顔だし、それを見るシヴァも笑顔。

『食料庫』は便利だけど、こっちで暮らしているうちに旬のものを楽しみにすることが増えた。いつでも食えるし、食うけど、旬のものは特別感が違う感じ。俺でこうなんだから、『食料庫』や【収納】のない普通の生活をしていたら、収穫の時期は楽しみや嬉しさもひとしおだろう。

「デザートはジーンが持ってきてくれたケーキよ。ティナ、持ってきてちょうだい」

「はーい！」

食事前に箱ごと台所に行ったケーキが、箱ごと食卓に戻ってきた。ちなみに箱は木製で、岡持ちを正方形にしたみたいな形。あとで回収するのだが、大体何か入れられて返ってくる。

「ジーン、せっかくだから切り分けてくれるかしら？」

「はい、はい」

シヴァに頼まれて、ケーキを取り出す。

側面が上にスライドして開く仕組みで、ケーキが載っている板ごと引き出せるようになっている。

「わあ！　お花がある！」

きゃっきゃと喜ぶティナ。

暖炉の火でナイフを温めて、ケーキを切り分け各自の皿へ。刃が温まっていると綺麗に切れる。普通はお湯につけるんだけど。

「喜んでもらえて何よりだ」

生クリームの花が一番綺麗にできたところをティナへ。

「お前、器用だな」

ちょっと呆《あき》れたようなディノッツォ。

「あとでどうやって作るか教えてちょうだい」

絞り出し器につける薔薇用の口金《くちがね》さえ用意すれば簡単なので、あとで一式シヴァに贈ろう。

「お、うめぇ。甘いかと思ったらそうでもねぇな」

「ブラックベリー味だし」

甘酸っぱい。

子供たちも交えて、わいわいと話す。笑いが時々起こる、平和な時間が流れる。やっぱりいいなあ。農家かと思ってたら金ランク冒険者で、エンが【収納】持ちで狙われてて――秘密の多い家だったけど。


『家』に帰って、リシュを撫でる。新しく水を換えても口をつけずに、俺を見上げて不思議そう。ああ、ザリガニか。いかん、ディノッソのせいでザリガニ呼ばわりが定着した。

「これから風呂だし、元に戻すから」

そう話しかけて、風呂に向かう。

――ザリガニが解けないだと⁉　どういう編み方をしたんだろう？　鏡の前で悪戦苦闘してたら、リシュが侵入してきてぺたんと座って見上げてくる。

何をしてるんだろう？　という目。

森の家もほぼ完成。あとは家具を考えてから調整しよう。家の中の壁はどうしようかな？ 白の漆喰《しっくい》でコテ跡を残そうか、クリーム色の珪藻土《けいそうど》の壁にしようか。

でも、もらってきたあの木で作った家具は、この素朴な家にはちょっと合わないかな。もうちょっとこう無骨というか、家に合わせて童話の中の家具っぽくしたい。

家は、煙突のある小さな家だ。三角屋根が1階の半ばまで垂れ、可愛らしく仕上がったと思う。

ああ、やっぱり壁は漆喰でコテ跡つきで仕上げよう。照明はレトロなランプ、1階はシンプルに、2階は絨毯とクッションをたくさん。あとつい買ってしまった謎の雑貨を詰め込もう。

いや、謎ではないか、用途はわかってる。使う予定が全くないだけだな。

壁を何日かに分けて塗りつつ、好みな絨毯やらクッションを揃えるとしよう。

◆◇◆◇◆

そういうわけで、買い出しかたがたエスに来ている。絨毯、絨毯！ ナルアディードにも入ってきているが、そこまで高級でなくていいから色と模様を選びたい。エスのバザールには、絨毯がたくさん置いてある。

再び訪れたこの地は、エス川が緩やかに溢れ、景色を一変させていた。

氾濫《はんらん》期に入ったエス川は大地を水で覆うが、見渡す限り平原なため高低差がなく、ゆっくりと広がる感じ。広く浅くゆっくり。人々は浅い場所は気にせずいつもの通りを歩いているし、深い場所には小舟が浮かべてある。

エスの周辺では短く優しい雨だが、上流でがっつり降っているらしく、川の水量は多い。砂漠の住人にとってはオアシスが広がる時期であり、観光客の俺にとっても美しい季節だ。

短い雨の間に合わせて、大急ぎで植物が目を覚ます。3日くらいで一斉に花を咲かせるので、なかなか見応えがある。

ついでにどこから出てきたんだと疑問に思うほど、カエルも増えるけど。

年のうち30日くらいの短い間の光景。綺麗なだけでなく、水は大麦や小麦、農作物の栽培に欠かせない肥沃《ひよく》な土を運んでくる。

日本だと川の氾濫は起きて欲しくない。こっちで年2回とか4回に増えて、日本では起きないようになればいいのに。

氾濫の規模は年によって大きく違う。浸水が不十分だった場合、農地の一部しか豊かな土に覆われず、飢饉《ききん》をもたらすし、逆に水位が高すぎるのもよくない。

エス川のそばには、事前に氾濫の深さを予測するための場所がいくつかある。石灰岩の大きなブロックで作られ、内部に降りる階段がある四角い井戸だ。

井戸と言っていいかわからないけど、まあ、底に水が溜まっているんだから井戸だろう。たぶん。

その井戸の底には、氾濫が起こる前の満月の夜から水が溜まる。その溜まった水が、肘から中指までの長さ7つ分くらいの水位が豊作の基準で、豊作ジャッジが下された年は税が高くなる。

エスは女王の国で、女王は巫女《みこ》でもある。エス川に依《よ》ってある生活なために、川の精霊への信仰は厚い。国の機関と神殿が一体となってるもんだから、税の基準になるこの井戸も神殿が管理している。

水位を測るのにいろんな面倒な儀式もするし、きちんと水が引くまでそれは続けられる。

俺が行くところはやってないけどね。今回の目的地は、水が溜まらない廃棄された枯れ井戸。エス川からも遠い。

その前に買い物！　バザールでは、ちょっとでも買うそぶりを見せると、店に引きずり込まれてあれこれ見せられ、日本人としては買わないと悪い気になってしまう。当然ぼったくり。俺もだいぶ慣れたんで、値切るけど。

縦糸に綿、パイル――丸いループ状の糸にウールの薄手のラグ、どっしり重い毛足の長い絨毯。暑い国なのに分厚い絨毯があるのは、さすらう民がいるからだ。絨毯を抱えて、夜は一気に気温の下がる砂漠をゆく。遊牧民だったり、行商人だったり、塩を掘ってくる民だったり、砂漠で暮らす民は結構多い。

魔物が出るので命がけだが、魔物の通り道とか、出現時期、もし会ってしまった場合の避難場所など、代々口伝《くでん》があるらしい。

閉鎖的な集団である場合が多いけど、決まった時期にバザールには顔を出して必要なものを買い、売りたいものを売ってゆく。

そんな絨毯をまとめて買って、値引き交渉。毛足の長い方は森の家で使う。薄いラグにはオオトカゲの皮を裏張りして、防水し、外で使えるようにする予定だ。乾燥してるこっちならいいけど、カヌムの森にはさすがにそのまま敷けない。

涼しい服を作るために布をたくさん、変わった形のガラス瓶。真鍮《しんちゅう》、いやアイアンかな？のカンテラ。

カンテラはガラスが嵌めてあり、中に蝋燭《ろうそく》を入れるタイプ。嵌めてあるガラスは歪《ゆが》んでいるが、なにせ手作りというか基本は吹きガラスなので厚みが一定じゃないのはデフォ。これはこれで味があるので、森の家に置くにはいい感じ。

さて、今日はエスの古い神殿に行くのがメイン。年のうちひと月だけ行けるようになるダンジョンだ。

目指すのは地下神殿、目印は古い井戸。ただ、大昔にエスの川筋が変わり、井戸も忘れられ砂に埋もれているはず。その場所を見つけるのがまず大変！

川の蛇行は変わってるし、周囲は大体同じ風景だし。涼しいうちに先に見つけておけばよかったと思いながら、【転移】を繰り返し、精霊をとっ捕まえては場所を聞く。

精霊は知らなかったり、知っていても謎の道案内だったり。目印がないんだからしょうがないんだけど。


ゴスッ！

「暑い」

やっぱり無謀だったろうか。大体の場所の見当がついているとはいえ、砂に埋もれたものを探すには、この砂漠はあまりに広い。

少々不安になりながら、頭からローブを羽織って砂漠を行く。昼間は自分自身の体温より外気の方が高いため、布にすっぽりくるまって移動。【転移】に飽きた俺だ。【転移】で飛ばして、過ぎちゃってるかもしれないしね。

「元気出せよ、ご主人！」

相棒はエクス棒。

エクス棒は木なので乾燥に弱いのかと思っていたら、全気候耐性だった。まあ、砂漠の国とか雪で閉ざされた国に望まれることもあるよね。

そういうわけでバテ気味なのは俺だけ。『家』に戻ったりしてるんで平気なんだけど、こっちで元の場所に戻ってくると方角がわからなくなるので、川辺に出てそこから砂漠に向かうというのを繰り返している。

エス川周辺以外は砂漠だからね！　砂丘を越えたらすぐにエス川も見えなくなるし。そういうわけで地道に歩いていいます。

ゴスッ！

「ご主人、だんだん手抜きになってねぇ？　オレはこっちの方が楽しくっていいけど！」

「動くと体力消耗するから」

砂の中を移動して、蛇《へび》のような魔物やワニのような魔物が襲ってくるのだが、その姿を確かめる前、砂の中にいるうちにエクス棒でゴスッとやっている。

最初は出てくるのを待って戦ってたんだけど、こいつら砂の中を進んでくる時、頭が必ず先になってるから、近づくのを待てば急所が突きやすいという親切設計。

あんまり待っているとガボッと出てきて噛んでくるので、ガボッとされる直前にゴスッとやるのが一番楽。

エクス棒は戦闘より、見えないものを突く方が好きなようだ。俺が選んだ目的というか、用途というかに合っていることなので、存在意義的に嬉しいらしい。

何か執事の顔がよぎったが、なんだろうな？

それにしてもどうしようか。このままではエス川から離れたところの探索ができない。砂に矢印を書いても、風に攫《さら》われてしまうし、砂丘も形を変える。精霊に頼んでマーカーになってもらうしかないかな？

「あら、本当に人だわ」

考えつつも歩みを止めず、行く手や後ろから来る砂の中の魔物をゴスッとやりながら歩いていると話しかけられた。

「こんにちは」

「はい、こんにちは」

こんなところで話しかけてくるのは精霊しかいない。焼けた黄金色《こがねいろ》の肌。額と目元に赤い花模様、頭からヴェールのように被った布、ヴェリーダンスの衣装のような悩ましい服、胸に漏れ落ち長く緩くうねる金の髪。

でかい——というか、普通の人くらいあるし、色合いからしてこの広大な砂漠の精霊かな？

ちょっと前に場所を聞いた小さな精霊たちが周りをふよふよと飛び回っている。

「すみません、このあたりに砂に埋もれた古い神殿があるって聞いたんですが、場所を知りませんか？」

聞いたというか、正しくは精霊図書館の本で読んだ、だが。

「あら、あんなところに用事なの？　何もないわよ？」

「あちこち巡るのが趣味なので。この目で見ることが用事です」

ものを聞く立場なので丁寧に、よそゆき笑顔。

「そうそう、ご主人はあちこちごそごそするのが趣味！」

「ごそごそって言うな、ごそごそって」

にかっと笑ったエクス棒の言葉で台無しだけど。

「……ここに木の精霊？　転換期、ということかしら？　いいわ、ついてらっしゃい」

布をなびかせて優雅に向きを変える精霊。

転換期？　なんだ？

よくわからないけど、連れてってくれるみたいなので喜んでついてゆく。

案内ができたといっても、魔物が襲ってくるのは変わらない。ゴスッとやっては、倒した砂の中の魔物を見もせずに【収納】する。

推定砂漠の精霊さんは、進むべき方向を指して消え、俺がその方向にしばらく歩くと、また出てきて指を差す。

だんだんどっちに進んでいるのかわからなくなってきた。砂丘は風で姿を変えるし、覚えることに意味がない。太陽の位置で方角はわかる——と見せかけて、精霊が絡む場合はコンパスもそっと狂わすわ、太陽や星も偽装するわですね……。

利き足、怪我、骨格の歪みや左右の足の長さの違い、靴が合わない、個人の癖——そんな違いで、目印がない広い場所で円形にぐるぐる回ることを、リングワンダリングって言うんだっけ？　輪形彷徨《りんけいほうこう》とか。

俺には戻れる気軽さがあるけど、そうじゃなかったら不安になるだろうな、と思いつつ、精霊の指差す方向に砂を踏んで歩く。砂がまた体力を奪うんだ、部活とかで砂浜走るのって負荷かけてるんだなあれ。

ゴスッ

体力的には平気だけど、ちょっと浮遊の魔法をかけてみるか？　大気や風の精霊たちが多いので、あまり負荷をかけずに行けると思うんだが。いや、浮いてると魔物が襲ってこないな、どうやら俺の歩く振動で寄ってきてるみたいだし。

ゴスッ

エクス棒も喜んでるし、このゴスッとやるのは、赤トカゲで学んだことが活かされてる感じで俺も嬉しい。能力頼りだけじゃない、と言いたいところだけど、エクス棒を突き出す速さと力がないと実現しないな、この方法。赤トカゲよりはるかに硬いし。

精霊のお陰か、日々動き回って鍛えているお陰か、力も体力も当初よりついた気がする。体型が変わった気がしないんだが。俺の筋肉どこ？　背は2年で1センチほど……伸びた。たぶん……。一応、20歳まであと1年の予定でいるんだが、この体は果たして何歳なのかという疑問も少々。

道中ではワニや蛇のほか、アンコウみたいに砂に潜って美味しそうな実をぶら下げてる魚型の魔物とか、チンアナゴみたいなヤツとか。一番驚いたのはクロマグロだが。

砂色の、でも形のあるもの。えんえん砂しかなかったけど、どうやら何かの遺跡に着いたようだ。崩れた壁っぽいものが、砂から少し顔を出している。

また精霊が現れて、下を指差す。

うん、どうやら目的地は予想通り砂の中に埋もれているらしい。ってその前に。

「エクス棒！　5倍!!」

「あいあいさー！　ご主人!!」

エクス棒を振りかぶり倍数を叫べば、手応えが変わる。俺の望みに合わせて5倍の大きさに。

なんか道案内の精霊が驚いた顔をしているが気にしない。

そのまま砂の中に勢いよく突き入れれば砂塵《さじん》が上がる。その砂塵を追うように、一拍遅れて周囲で砂が大きく動き、舞い上がる。

「ご主人、大物だぜぇ」

「おう！」

嬉しそうなエクス棒が言う通り、砂の中の魔物は、今まで倒してきた魔物比較5倍くらいの手応え。

周り中砂埃《すなぼこり》で、何も見えないくらい暴れている。闇雲に暴れていると言うよりは、断末魔にのたうっているのかな？　こっちを狙う気配はない。マグロだろうか？

違った。砂煙が収まって、見えたのは芋虫《いもむし》っぽい、いや、線虫類をこれでもかというほど大きくした感じの、砂に半分埋まった魔物。手応えの割にデカかった。

ここで虫っぽいものを登場させるのはやめて欲しい。エクス棒拭かなくっちゃ。物質は透過しようと思えば透過するんで、汚れはそのままボタって落ちて綺麗になるんだけど、気分の問題だ。

「これ【収納】するのやだな」

でも【鑑定】結果に体液が薬の材料ってあるんだよな。仕方ない、大人しく回収しよう。

【収納】すると、砂がすごい勢いで流れ、魔物のいた空間を埋めてゆく。そして現れた井戸。

どうやら俺の目的地の入り口に着いたようだ。井戸を埋める砂を退けるため、大気と風の精霊に手伝いをお願いする。俺が手のひらを上に向けて持ち上げると、その動きに合わせて精霊が砂を吹き飛ばす。

吹き飛ばし損なって残ってしまった砂は、今協力してくれた精霊より小さな精霊たちが、お手伝いとばかりにつむじ風を起こして払ってくれた。

「ありがとう」

協力を願った時に渡した魔力のほかに、少しサービス。またよろしくお願いします。

案内してくれた精霊はいつの間にか姿を消している。周囲を見回し、姿を現さないことを確認して、先に進む。

「たまに狭いとこに入るとわくわくするぜ！　特に外に出た時の爽快感はいいぜ！」

いや、それ狭いところ好きなんじゃなくって、外がいい宣言じゃないか？

とりあえずエクス棒でコンコンして階段の強度を確かめる。砂に埋まっていたせいか、露出していた壁より状態はいい。

四角い井戸は、四方に階段がある。時々残った砂がサラサラと流れる中、四方を巡るように降りてゆく。日陰に入るだけで断然涼しい！

地下に降りてゆくって、坑道もそうだけどちょっとロマンだ。地下帝国とかあるのかね？　あ、ドワーフの谷にあるんだった。いかん、なんかロマンがどこかに出かけた。

階段の途中で休憩中。だいぶ降りてきたので、日陰なことを差し引いても涼しくなってきた。弁当の包みを膝《ひざ》に載せて開く。白ごまを一筋かけたご飯、豚の角煮とそれに添えた塩茹《ゆ》でオクラ、オレンジ色が鮮やかな煮卵を半分に切ったやつ。ホタテと切り干し大根のサラダ、赤カブの甘酢漬けとキュウリのぽりぽり漬け。

そこそこの量を作って【収納】、弁当にちょっとずつ詰められるのは便利！　と、思っているんだけど、つい新しいのを作ってしまう。【収納】に料理がどんどん溜まっていってるんだが、どうしたものか。

豚の角煮は簡単に噛み切れて、とろっと。一晩寝かせて浮いたラードを取りまくったので、冷めても脂《あぶら》が固まってることもなく美味しい。いい肉だし、ほかほかのご飯に載せて、とろける脂と食べても美味しいけれど、なにせここは暑いので、今回は脂はパスだ。

エクス棒には豚の角煮饅《かくにまん》を渡したら、ほとんどひと口で食べ終えて、お休み中で静か。

毎回思うが、エクス棒はどうやって自分の体くらいあるものを食べてるのかな？　齧り跡も潰《つぶ》れることなく綺麗に切り取られている。空間を切り取って納めてる感じ？　謎だ。

サラサラと砂が落ちる音。時々まとめて落ちるのか、ドサっと鈍い音も。日本にいた時は、知らない土地、特に自然以外何もないだだっ広いところに行ってみたかったんだが、こっちでそれが叶《かな》うとは。

ここは井戸の中で狭いけど。

しばらく砂の音を聞き、精霊に名付けを始める。【探索】でこの周辺に魔物はかかってこない。さっき倒したでかい魔物がいたせいで、小さいのが近づいてこなかったのかもしれない。でもこの井戸の底に何がいるかわからない。それに俺が地下にいる間に、砂に埋まってしまっては困る。安全第一、協力者は増やしておかないと。

適当なところで名付けを終えて、また下に進む。さすがに冷んやり薄暗くなってきたのでランタンを出している。影で黒く見える石壁は、いつの間にか水で湿っていたらしく、表面に滲み出る水がランタンの光に白く反射する。

1センチほど水の溜まった井戸の底、石の扉が1つ。

きっと通常はこの扉も水の底で入れないのだろう。古い神殿に行ける期間はエス川の氾濫のこの時期だけだ。他の井戸の水位は上がるのに、入り口となる井戸の水位は下がり、道が開かれる。本にあった入り口は、この井戸で間違いないだろう。

だがしかし、石の扉は固く閉ざされていてですね。ランタンをかざしてあちこちごそごそ。あれか、どこかに火を灯《とも》すところがあって、火をつけると開くとか？　いや、ないな。押してダメなら引いてみな。うん、ビクともしない。横開き——もないな。というか、手をかけるところが丸い穴しか……。

……。

丸い穴に魔石を入れたら開きました。一旦、外に【転移】して、倒したあのでかい芋虫っぽいのを【収納】から出して解体して出た魔石だ。中ボスか？　中ボスなのか？　こんなところでゲーム的な要素入れてこんでいいわ！

【転移】ついでに『家』に戻って、シャワーを浴びてリシュをわしわしして、30分ほど昼寝。大きな精霊に名付けたわけじゃないけど、結構な数に名付けたので魔力回復しとかないと。

あー。ひんやりしたシーツが極楽。

さて、英気を養ったところで扉の先へ。扉の先は上り階段、水対策だろう。上がってまた下りたその先は、今度は真っ直ぐな回廊《かいろう》。

左右の壁にところどころ壊れているけれど明かりが連なる。壁と同じ石でできた半球状の突き出た受け皿に、球形のガラス。覗き込むとガラスには1カ所穴が空いていて、光の精霊が寝ていた。

ガラスとか宝石とか、精霊が寝床に使うというのは本で読んで知ってたけど、実際に利用されてるの初めて見た。

なんか、閉じ込めるイメージでちょっと抵抗があったけど、こうやって寝床を作って呼び寄せればいいのか。たくさんあれば、いくつか精霊が入ってなくても明るいし。ちょっとカッコ悪いけど。

木箱を持ち出して、明かりを近くで観察。

あ、使用済みで色の抜けた魔石がついてる。なるほど、全部に精霊が入るように魔力も緩く流すのか。これならば具合のよさそうな寝床見つけた！　ってだけじゃなく、魔力に惹かれて寄ってくるだろう。

白っぽい魔石をつつくと、形を失い、あっという間に崩れる。灰みたいだ。精霊が入っていないガラスをどけると、石に小さな魔法陣が描かれていた。

ふんふん、なるほど。これあとで塔に作ろう。

開かなかった石の扉も内側に魔法陣があって、そっちも覚えた。外からは魔法陣が見えず、魔石だけ入れられるようになってた。たぶん、魔石なしでは入れないように、魔法陣の解析を難しくしているのだろう。陣が見えないと解析の難易度は跳ね上がりまくるから。

謎解きが楽しいから思いとどまってたけど、短気だったら『斬全剣』で扉を斬っちゃうところだった。

調査に満足して先に進む。回廊の先にはまた大きな扉。扉の向こうに【探索】にかかる何か2つの反応、1つは案内してくれた精霊さん、もう1つはなんだ？

『……遅いだろう！　解錠《かいじょう》されてからどれほどだ!?』
『さっき様子を見に行かせたら、回廊にいたようだけれど』
『あの回廊にどんだけ時間食っておるのか！』

あ、すみません。待ち人がいるとは思ってなかったんで、開けてから『家』に戻って昼寝をしてました。

中から聞こえてくる会話に扉を開くのを躊躇《ためら》う俺。いやでも、ここにいても始まらない。

「お邪魔します」
意を決し、扉を少し開けて声をかける。
「よく来たな、強き意志持つ者よ！」
あ、いえ。俺はどちらかというと豆腐メンタルです。

なんか、中の広間に大柄な壮年の男がいる。浅黒い肌に白い歯、石の玉座みたいなのにマントを敷いて座っている。足は開いて大剣《たいけん》を真ん中に、柄に両手をかけ、ちょっと覗いただけで猛々《たけだけ》しい感じの印象。あと、電車で嫌がられる座り方。

「……入ってきて欲しいのだけれど」

案内してきた精霊が、扉の隙間から覗く俺に声をかけてくる。

どうしようかな？　今までの火の神殿とか、水中の森とか、出会った精霊があっさりだったけど、なんかこの2人は面倒そう。

「おい、本当にこいつで大丈夫か？」

「棒1つで魔物を捌《さば》いて砂漠を渡る強さ、精霊が集まる振る舞い——勇者が呼ばれたこの時期に現れたのだもの、試す価値はあるわ」

聞こえてます、聞こえてますよ！

「ああ、待って！　なんで閉めるの？　話を聞いて！」

「聞くだけだぞ？　あと、その男の人魔物か？」

閉めかけた扉を少しだけ戻して言う。

「よくわかったな。なるほど、それで距離を取るか。取って食ったりせんから、入ってこい！話もできぬ」

やっぱり魔物なのか。距離取ってる理由は別だけど。

黒く染まって、もう一度色を取り戻したヤツは力が強くて高位だったはずだ。名残《なごり》なのか、目の下に菱形のような黒い星の痣《あざ》がある。

とりあえず攻撃してくる様子はないので、扉を開けて広間に入る。

「魔物の割になんか害意は少ないな？」

「俺はこの地の王だ。人は心底憎いが、治めるべき地がこの有様なのは許容できぬ」

剣に置く手に力を込め、吠えるように言う男。

「王は黒きに堕《お》ちた精霊に憑かれながら、それを意志の力でねじ伏せているの」

案内してきた精霊が教えてくれる。

「それはすごいな？」

ユキヒョウの聖獣の友達である馬でさえ、ダメっぽかったのに。あれ、言葉にしたらなんかちょっとひどいな？

人が憎いのはこの男なのか、憑いた精霊のせいなのか。どちらだか聞き出したり、見てわかるほど人生経験積んでない俺だ。

「このさらに下には『王の枝』と財宝が眠る。お前は『王の枝』を壊せ、さすれば財宝はくれてやろう」

「なんで壊すんだ？」

精霊寄せの枝で大切なんじゃないのか？

「この俺に憑いた、堕ちた精霊とは『王の枝』の精霊だ。狂った『王の枝』はここを人の住めない土地にした、王として許しがたし。策略を用いて精霊を狂わせた国は、とっくの昔に滅ぼした。だが、一体化した俺が自分で『王の枝《じぶん》』を壊すこともできず、国土はこの有様よ」

本体があるタイプの精霊は、その本体を破壊すれば消えるか力を失うことが多いけど、本体《ぶっしつ》を捨てて完全に自由になる場合もある。

『王の枝』は手に入れた人物や継いだ者が誓いを違《たが》え、存在意義を失うと物質的にも精神《せいれい》的にも綺麗さっぱり消えてしまうのは知っているけど、本体《えだ》が損なわれると精霊も消えるのか。

そういえば、普通は王宮の宝物殿とか、警備が厳重な特別な部屋に安置するとか言ってたもんな。

「あれ？　なんで国がとっくに滅びたのに『王の枝』が消えないんだ？」

「俺が王を辞められぬからよ。初代が精霊の木に誓ったは、王がこの地を愛すること」

「ずいぶんシンプルな誓いだな」

「『王の枝』が消えては困るからな、最低限の王の条件を誓ったのであろうよ」

具体的に色々誓うと、それに合わせてわかりやすく必要な精霊が寄ってきて、手伝ってくれるらしいんだけど、誓いが守れないと『王の枝』は消えてしまう。本人だけでなく、子孫のことを考えると条件づけはなかなか加減が難しい。

「枝の収められた地下王宮へは、精霊のほか、王か王の資格を持つ者しか入れぬ。お前は『王の枝』を手に入れ、ここに来い。別の『王の枝』を手に入れた者を連れてくるのでも構わぬ。さすれば火の神の時代、繁栄の中心となった我が国の巨万の財を与えよう」

そう言って立ち上がる男。

火の神の時代っていうと、図書館の王様を思い出すんだけど。ああ、でも火の神の時代は長くて、勢力を伸ばした範囲もだいぶ広かったらしいしな。他の国に文化の中心が移動するのは容易に考えられるほど。

火山の噴火はあるものの、ハワイみたいに栄養をたっぷり溶かした溶岩が、ゆっくりゆっくり流れるタイプ。噴火のあとは豊穣をもたらしたという記録がある。あと焼畑も盛んだったとか。

それに山火事などのあとに芽吹く種類の植物が、今よりずっと多かったようだ。でも、風の神の時代が混じったら砂漠化待ったなしだった。

一斉にガラッと変わるわけじゃないから、前の神が残した眷属たちと、新しい神の眷属たちが混じって様々なことが起こるのだ。この状態で光の精霊がさらに増えたら、ますます過酷になりそう。

「巨万の富というのは私も保証するわ、大国を100年は支えられるほどの財よ。お願い、この地の歪みを取り除いて」

「我が名はカーン・ティルドナイ。地下王宮は魔物の巣、だがそれらは俺が払うと約束しよう。10年かかろうが、20年かかろうが、お前の子孫が戻るのでも構わん。さあ、行くがいい!」

そう言ってマントを翻《ひるがえ》し、背を向け、案内してきた精霊と一緒に、椅子の後ろの通路に消える。

当然ついてゆく俺。

「いや、待て」

「なんで入れるの? あなた精霊じゃないわよね?」

ピタッと歩みを止めて、俺を見る2人。

「普通に『王の枝』持ってるから」

「おう! オレはコンコン棒EX! 通称エクス棒だ!」

エクス棒を掲げると、起き出してきて自己紹介する。

「普通に!? 今は外はそのような時代なのか!?」

王様が驚愕する。顎が外れそうな勢い。

「ちょっと、まさかそれ、魔物をつついていた棒じゃない？」

案内の美人な精霊さんが聞いてくる。

「うん」

「うんじゃないわよ！　何をやってるのよ！　それになんで枝じゃなくて棒なの⁉」

「なぜ、魔物である俺に不快な影響を及ぼさぬのだ？」

それは俺が魔物避けを願わなかったからです。執事曰く、「かなり変わった」枝だそうです。

「俺は魔物や黒い精霊が出ないことを望まなかったからな」

「声に出して望まぬとも、人は誰しも心の奥底で思うものだろう。影響がないなどと考えられぬ」

それは、俺がこの世界で暮らした期間が短いから。俺が魔物や黒い精霊に危ない目に遭《あ》わされたり、遭わされた身近な人がいないから。たぶん、未だに俺は魔物の怖さも、黒い精霊の怖さもわかっていない。

――俺だけ異分子。

「魔物、出てこないな？」

話題を変える俺。

「ここは『王の枝』の効果が効いている」

「『王の枝』の近くに魔物がいるのかと思った」

「いる、『王の枝』を守る衛兵として」

隣を歩くカーンの金属の鎧《よろい》の音が響く。ここにも回廊にあった精霊の明かりが並び、暗がりを消している。案内の精霊は裸足で石畳を踏むように歩いているが、果たして本当に足をついているのかはわからない。砂漠でも足跡を残していなかったし。

「『王の枝』は、もう随分前から色々なものの区別がついていないわ。今は器であるカーンが抑えているから、黒精霊が広範囲に溜まるような大きな変化はないけれど、『王の枝』の黒いひび割れは少しずつ増えているの」

案内の精霊がそっと説明を入れる。あれか、抑えてなかったら魔の森の奥みたいになってた感じ？

「魔物が出るのはここからだ」

廊下から出ると、そこは巨大な空間。

上が暗く黒く、闇に溶け込んで見えない。一体なんのためなのか支える天井もなさそうなのに太い柱が規則的に並び、やはり上部は闇に消えている。

「俺が『王の枝』が安置される部屋に入れば、一時的に本体に精霊が移る。俺の抑えがない状態になれば魔物も活性化しよう、そうなる前に壊せ」

大剣を引き抜き、戦いの準備をしたカーンが言う。

「俺だけ入って壊してくるんじゃいけないのか？」

なんでわざわざ本体に戻すのか。

「最後くらい愛する女に会わせろ」

カーンがどこか獰猛《どうもう》な感じにニヤリと笑いながら、襲ってきた黒いモノを斬り伏せる。

精霊に恋してるのか！　ありなの？　ミシュトとかハラルファを綺麗だなとは思うけど、なんか生活感というか肉感的なものがないのでそっち方向に考えたことがなかった。

「――貴様は『王の枝』を持ち出して、民は何も言わぬのか」

目を丸くしていると、今度はカーンが話題を変える。

魔物を屠《ほふ》ったばかりだけれど、蚊を仕留めたくらいにしか思っていないらしく、口調は変わらない。

「俺は民も国も持っていないから平気」

「……王を選ぶ、いやここに入ることができた時点でお前が王のはずだ」

はずと言われましても……。

「ご主人は自分自身の王だな！」

いいこと言うなエクス棒！

「民がいないのはなぜだ？　旅の途中で儚《はかな》くなったゆえか？」

「旅？」

「『王の枝』を手に入れる旅だ。旅の仲間が最初の民となるが普通であろう？　それとも全て雇い入れたか？」

まず、休憩と夜は家に帰る行程を旅と言っていいのかどうか。

普通ならばきっと、たとえ雇い入れた相手であろうと友情と連帯が芽生えるほど、あるいはその逆の感情が湧くほど過酷だろう。ちょっとズルをした気分だが、島でのサバイバルの方が緩いとかそういうのは遠慮します。

「ご主人は1人で来て、1人でオレを望んでくれたんだぜ！」

ぼっちみたいに言わないで、エクス棒！

「1人きりで……。そうか、お前はここにも1人で来たのだったな」

「言っておくが、友達はいるぞ」

主張をしておく俺。

確認したわけじゃないけど、友達だ。そうじゃないって言われたら泣く。

話している間もカーンは魔物を手際よく倒している。手際がいいと言うよりは無造作に倒していると言った方が合っているかな。慎重そうには全く見えないのに攻撃は最小限で的確だ。

俺とは場数が違う感じ。

「『王の枝』は第一に枝を望んだ者の、次に枝を手に入れる試練に臨んだ仲間の影響を受ける。『王の枝』を作るのは声に出して望み、誓った願いだけではない。そこにずれが出る」

ああ、なんか行動やら何やらで適当に作る宣言されたな、そういえば。エクス棒は試練の時の行動で、国のあり方を見るって言ってたし。

「そして誓った理想は第一に王が、次に民が守らねばならない。世代を重ねれば、またずれが出る。――お陰でこの有様だ。声に出しての誓いは守っているゆえ、ぎりぎり形を保っておるがな」

他国の干渉がなくともいずれはこうなっていたろうと、自重《じちょう》気味に笑うカーン。

『王の枝』に望むことが多くなれば、それだけ誓いも増やさなくてはならない。精霊図書館で読んだ、オススメの手順としては、望んだ者の誓いは『王の枝』の存続にし、そのほかの誓いは『王の枝』がもたらす恵みに対応させ、民の守るべき事柄とする、んだっけかな？　なお、望んだ者の誓いは、歴代の王に引き継がれる模様。

この地に緑を願ったが、民が誓いを破って砂に飲まれたとかその辺だろうか。

エクス棒曰く、試練になぞらえた俺の国の評価は「強くて備えが完璧！　しかもなんか快適！」だったか。

あれか、この3つを守らないとエクス棒が病むのか？　というか、国ってどこだ？　島――は俺がいないな。俺の『家』？　だったら確かに条件クリアしまくってる。

でも、棒が存在意義だとも言っていたので、俺のコンコンする願いが優先されてる可能性の方が高い。あとで本人に聞いてみよう。

「精霊を集めるだけ集めて蔑《ないがし》ろにすると、出ていった精霊が戻ってきた時、ひどいのよ」

出ていった精霊……。力を奪われ、傷つけられた黒い精霊が、『王の枝』の効果がなくなると戻ってきてやらかすのか。

現在進行形で勇者たちが精霊を使い捨てているが、『王の枝』の効果で、勇者に寄らずにはいられないみたいな話だった。勇者の恩恵に目が眩《くら》んで、それを許す国も自業自得な気がする。

――いや、精霊の寿命を考えると、１００年単位で積もった恨みの仕返しが一気に来ることになるのか。それはちょっとキツそうだ。

大きな柱には俺の背よりはるかに高い場所に明かりがあり、床に届くまでに拡散した光が、俺たちの影を大きく描く。方向がわからなくなりそうな柱だらけの大空間は、やがて1つの扉に行き着く。

青白い石の扉には木のレリーフ、おそらく精霊の木がモデル。ここがゴールなのだろう。

「一応、伝えておく。俺が言葉にして望んだのは、直径4センチくらい、長さは3メートルちよいだ」

早いうちにカミングアウトしておいた方がダメージが少ない、はず。

「オレたちは枝を伸ばすから、長さはノーカンだぞ？　ご主人！」

「おお？　伸縮は俺の願いを汲んでのサービスかと思ってたけど、もともとついてたのか」

そういえば枝を伸ばして『精霊の枝』をくれるんだっけか？

「おい……」

足を止めて俺を半眼で見るカーン。

立ち止まったカーンを見つめ返す。国を望まなかった俺が、枝を壊す役目を負っても構わないだろうか？

「意味がわからぬ」

「ご主人の手が持ちやすいように4センチボディキープだぜ！」

エクス棒が元気よく答える。

キープと言っているが、実際には目的のために俺の使いやすい太さに変わることもある。これも「ずれ」なのだろうから、あまり太さを頻繁に変えないよう心がけよう。

本人は、コンコン棒として使用されてる限り大丈夫だって言ってるけど、ここの枝みたいに本人が少しずつ認識を狂わせていくとか怖すぎる。

「『王の枝』に持ちやすさを考慮してどうなる」

「コンコン棒として大活躍中です」

いやもう本当に便利で手放せない。

「人の欲望は様々よね」

案内の精霊さんはさらりと流したが、カーンはものすごく渋面《しぶつら》。

「ずれている自覚はある。だから『王の枝』を壊すのは、本当に俺でいいのか聞きたい」

「……」

黙り込むカーンを見上げる俺。

ディーンより縦も横もでかい。厚みのある胸板、太い首、鎧の上からでさえ、腹筋が割れてる想像がつく。おのれ、どいつもこいつもすくすく育ちおって！

「普段なれば、この砂漠を渡るもの好きなど他にいはせぬ。しかし今は主たる神の交代の時期、招かれた勇者がこの砂漠に来るやもしれぬし、今後砂漠に住まう精霊の変化も起きよう……」

ああ、転換期って精霊の入れ替えか。人にとっては時代の転換期でもあるな。環境が短い期間にがらりと変わる可能性が高い。

「勇者の守護は光の精霊だ。ここが緑に変わって人が来るようになるとは思えないな」

「あら、光の精霊なのね？　以前は氷と闇の眷属だという話で、最近になって光の精霊から大地の精霊、水の精霊、火の精霊——風の渡り雀たちの噂が二転三転して、どの眷属が召喚を行なって、力をつけたかさっぱりだったのよ。でも確かに光の眷属の名が挙がることが多かったわね」


なかなかここまで情報が流れてこないと言って肩をすくめる案内の精霊。

あれ？　もしかしてリシュと神々……。まあいいか、嘘はついていない。

「風が止み、新たな召喚主の精霊が力をつけるのには間がある。その間に他の精霊が力をつけることもあろう」

「そうだな」

カーンの言葉に同意しておく。

「お前がここを訪れたのも何かの縁、お前でよい。部屋の中に常備灯がある、その火で『王の枝』を燃やせ。並みの、いや精霊剣でさえ歯が立たぬほど硬いが、火には弱い」

自分の大剣に視線を流すカーン。その剣で斬ろうとしたことがあるのだろうか？

「なぜこの中だけ火を使っているんだ？」

ここまで光の精霊の寝床が明かりだった。枝のあるこの部屋に、なぜわざわざ火を持ち込んだのか。

「もちろん燃やすためだ。この俺の手でカタをつけるつもりだったが、この有様だ」

「神官たちが儀式で呼んだ、火の精霊たちからもらった特別な火よ」

案内の精霊が補足する。

さすがに普通の火じゃないらしい。そして決行する段階でカーンは取り憑かれたのか。

「そういえば案内の精霊さんはなんで協力してるんだ？」

「私はカーンの契約精霊よ、こんな小さなうちからね」

笑顔で両手の人差し指を立てて大きさを示す、ちょっと可愛い。

「もはや俺の魔力で縛れるほど小さくはあるまいに、もの好きにもベイリスは逃げ出さぬ」

苦笑するカーン、案内の精霊はベイリスと言うらしい。

「昔の縁《よすが》が現れるが、お前には見知らぬ者。狂う前の精霊の姿に惑わされずに、迷わず燃やせ」

笑いを引っ込めて、口を引き結び、大きくはないが強い声で告げるカーン。

「わかった」

俺が頷《うなず》くと、カーンが大剣を持ち直し石の扉に手をかける。

「エクス棒、火がつくと危ないから仕舞うぞ」

「おうよ、ご主人！」

30センチくらいに縮んでもらって、コートの中、腰の後ろに斜めに差す。ちゃんとエクス棒用のホルスターを作ったのだ。

扉の先は宝物庫。だが、最初に目に入るのは装飾のされた白っぽい石の杯《さかずき》、その中に燃える火。杯を中央に据え、描かれた床の魔法陣、そして等間隔にいる人の姿に近い黒い魔物。

格好からして元神官だろこれ、怖いんですけど。

「あの燃える鉄を『王の枝』に」

ベイリスが耳元で囁《ささや》く。よく見ると、燃え盛る火には1本の金属の棒が突っ込んである。

朽ちたローブを纏《まと》った神官たちが、瞳のない眼窩《がんか》でこちらを、いや、カーンを見る。

「王が戻ったぞ、控えろ！」

カーンが吠えるように言うと、びくりと体を震わせ動きを止める。

カーンと違って、取り憑いた黒い精霊を抑え込むことはまるでできていない。でも少しだけ、ほんの少しだけ意識があるのか、容れ物《からだ》が覚えているのか、カーンに反応するようだ。

「行け」

カーンに短く言われ、火に近づく。

一番近くの神官が突然襲ってきたが、カーンが一刀のもとに斬り伏せる。それでも死なずに這《は》っているし、他の神官たちも言葉にならない何かを唱《とな》え始めた。

急いで鉄の棒を掴む。熱い！　これ、素手だったら大火傷《おおやけど》だ。手袋していてよかった。少し考えればわかることだったが、頭が働かなかった。

魔法陣を描くために避《よ》けられたらしい石櫃《せきひつ》から、床に溢れる金貨、金の装飾品。それに埋もれる石版、台座に飾られた美しい宝石、剣、盾、本。

後ろから何か飛んでくるけど、カーンが軌道を逸らしているのか、見当違いの方角に飛ぶので、気にせず真っ直ぐ走る。

『王の枝』は正面突き当たりの壁の前にある。壁には天井に届くような精霊の木の浮き彫り、据えられた台座の左右には精霊っぽい彫像が並ぶ。

これも繊細な浮き彫りが施された台座には、金糸で刺繍《ししゅう》のされた、どっしりした赤い布がかけられ、美しいひだを作りながら流れ落ちている。

台座の下の段に王冠、上に『王の枝』。

美しく、華奢《きゃしゃ》で、珊瑚《さんご》のように細く枝分かれした黒い枝がある。近づくと黒いヒビが細かく入っているようだ。元の色は白か？　枝の先に真っ白な部分が残る。枝はぼんやり光っていて、その色も白。

あれ、本当にエクス棒とだいぶ違うな？

真っ黒な鉄の棒は細かい幾何学模様や呪文《じゅもん》が刻まれ、上半分が焼けてオレンジ色をし、先端には炎を宿している。

走って風を受けても、揺らめくことはあっても消えない。

『王の枝』から陽炎《かげろう》のように白い何かが立ち上る。それは、勢いのまま焼ける鉄の棒を『王の枝』に突き刺すようにくっつけた頃には、白銀の髪が踝《くるぶし》まである少女の姿になっていた。

その白い少女が、俺を責めるように見る。

カーン、ロリコン！

「あああああああっががっ……！！！」

後ろで叫び声が上がり、振り返ると、残った神官が俺を目掛けて歩いてくる。本人たちはもしかしたら走っているのかもしれないが、動きが緩慢でそうは見えない。

伸ばされる痩せた腕には、皺《しわ》の寄った黒い皮が張りついている。鉤爪《かぎづめ》のように伸びたそれが俺に届く前に、カーンが後ろから袈裟懸《けさが》けに斬って、蹴り倒す。

床を蠢《うごめ》く斬り伏せられた神官たちは、ベイリスによって砂に巻き込まれ、床石のわずかな隙間に砂と一緒に引き込まれてゆく。

「がっ！」

自分の胸のあたりを鷲掴んで膝をつくカーン。

カーンからも陽炎が立ち上り、『王の枝』に向かってゆっくり伸びてゆく。黒い靄《もや》は途中で女の姿を取る。美しい白い顔に皺を寄せ、唇の隙間からは牙が覗く。黒い髪と衣装の裾が靄に溶けて、カーンの中に消えたまま、するすると伸びてゆく。

「ああ、なるほど。誤解が1つ、2つ……。来い！　『斬全剣』！」

手の中に現れた『斬全剣』の鞘《さや》を払い、『王の枝』を斬る。

木が立てるとは思えない、金属質な音と共に、枝に残った白い部分が跳ね上がる。

「……っ！」

白い少女の髪が20センチほどはらはらと切れて落ちる。本体にちょっと白いところが残ってる。その分、精霊も弱まるのか。

白い少女の驚いた顔が、俺を見ている。今までじりじりと進んでいた黒い女が、動きを急に早くして少女をすり抜ける。

少女がまた、俺を責めるように見る。

はいはい、わかってますよ、っと。

黒い女は『王の枝』を包むようにして、火を食い止めようとするが、服、指の先、髪と、色が灰色に変わりぽろぽろと何かが落ちて、粉砂糖が溶けるように空に消えてゆく。

ぎりぎり火が届いていない枝を、先ほどと同じように斬り落とすと同時に、枝を這う炎はとうとう全部に回り、燃え上がる。

「があああああっ！！！！」

カーンの口から悲鳴が上がる。

どんどん崩れ、苦悶に歪む黒い女の頭を掴み、枝の方を向いていた顔をこちらに向かせる。

「降《くだ》れ」

本体が炎に包まれているせいか、黒い女を掴んだ手が熱い。ひりつく手に【治癒】が発動するのを抑える。そっちに回す魔力が今は惜しい。

『王の枝』の契約者は、王の地に住まい、枝の恩恵を受ける者全て。ここに民はおらず、たった1人残った王は自分の依代《よりしろ》。黒く染まった『王の枝』に契約者はいない。

こちらを憎々しげに睨《にら》む女は、ボロボロと崩れ少女の姿になる。白い少女とそっくりな黒髪の少女。

馬より小さいくせに、どんどん魔力が吸い取られる。結構きつい。ギリギリと悔しそうに歯噛みしながらこちらを睨む。

「俺が改めて願う、あの男を助けろ！」

そう言った途端、黒い少女の体から力が抜けた。

「名前は？」

「シャヒラ」

大人しくなった少女から手を離し、切り落とした枝を2つ拾う。白い少女が不思議そうに俺を見ている。

格好つけて、涼しい顔をしているが、きっつい！　というか、手袋が焼けて皮膚に張りついてるし、自分の手が見たくない惨状！　さすがに【治癒】を発動させる。

「あなたは……」

言葉が続かないらしいベイリスを見て、すぐにカーンに目を移す。

床に倒れたままのカーンを仰向けにし、枝をそれぞれ手に握らせると、寄ってきた少女たちがその枝に手を触れる。

たぶん、黒いあの女の、美しい白い顔と黒い髪の姿形が『王の枝』の元の姿だろう。カーンのロリコンは俺の一瞬の誤解だ。

白い少女は正気を残した『王の枝』。黒い精霊に本体《えだ》に戻られると影響も強くなる。だから影響を受けた自分を拒んでいたのだろう。

そして正気でもおかしくても、カーンが好き。

綱をよったような筋肉が張りをなくし、カーンが縮んでゆくように見える。黒い精霊が憑いていたことによって、永の年月を生きてきた男。精霊は力の大半を失い、俺にひっぺがされた。

カーンの頭を膝に載せたベイリスが、愛しそうに抱く。

「シャヒラ」

名を呼ぶと、２人の少女が頷く。

あれ？　２人？

疑問を追及する間もなく、カーンの手にある2つの枝から根が張り出し手の中に潜ってゆく。小さな枝から小さな芽が伸び、針のように細かい枝が枝分かれしながらカーンの腕を覆う。

右手に白い枝、左手に黒い枝。

ちょっと待ってください、想定してたより倍の勢いで魔力が持っていかれるんですが……っ！

俺に礼を言うように微笑む２人の少女、謎の信頼はやめてください、きつい、きついってば！

「ああ……」

カーンの体が元に戻り、身じろぎするのを見て、ベイリスが声を漏らす。

２人の少女がベイリスに抱かれるカーンの胸に左右から寄り添って、そして消えてゆく。気づけばカーンの手にあったはずの枝も消えていた。

「カーンが起きたら、このロリコン！　って伝えといてくれ」

ゆっくりと規則正しく上下し始めた胸を見て、ベイリスに言い残して【転移】。

『家』の中に入る前に、【転移】先のテラスで倒れる俺。顎をぶつけたんですけど！　痛い！

でももう動けない。

どっと汗が出る。魔力切れでだるくて倒れたことはあるけど、ここまでは初めてだ。完全に空か？

【治癒】もあるし、回復するのはわかっているから不安は少ないんだけど、とにかくきついし、視界もブラックアウトしている。

顔に冷たいものが当たる。

「リシュ？　ごめん、大丈夫だから」

でも今日はもうここで寝ます。

ふこふこと俺の顔のそばで匂いを嗅いだり、ほっぺたを舐《な》めてくるリシュ。ちょっとくすぐったくって心地いい……。

◆◇◆◇◆

あちこち痛い目覚めです、おはようございます。

『家』の前、テラスで野宿してしまった。さすがに全身バキバキしてるんだけど、起きたらふくっとしたものが隣に。リシュに添い寝してもらっちゃった。

「おはよう、リシュ。もう大丈夫」

俺が起きたことに気づいて、顎のあたりを舐めるリシュを撫でる。

リシュは氷属性があるせいか、温かいような冷やっとするような不思議な感じ。寝転がったままひとしきり撫で回す俺。うちの子可愛い。

立ち上がって伸びをして、こわばる体をほぐす。空はちょっと明るんできた東雲、やがて曙《あけぼの》、やがて明日。日が昇るのをぼうっと見ていたい気もするが、ちょっとまだ疲れが取れてない。

ああ、風呂から眺《なが》めよう。『家』の中に入り、リシュ用の水を取り替えてから風呂。いつも俺が風呂だとわかると、居間や寝室で適当に過ごしているリシュが今日はついてくる。ついてくる距離もいつもより近くて、時々足に体をぶつけてくる。これはだいぶ心配かけたかな？

エクス棒を置き、コートを脱いでお湯の準備。風呂上がりのバスタオルを出し、湯がかからない場所にバスマットを敷く。エクス棒を咥《くわ》え出したリシュがマットの上に陣取ったのを見て、もう1回頭を撫でて風呂。

空の色が変わるのを眺めながら、湯に浸かる。結構簡単に幸せになれるな俺。

風呂から上がる頃には体調も戻り、一応鏡でチェック。よし、顎は割れていないし、どこにも痣はない。

朝ご飯は、ハムとチーズを挟《はさ》んだサンドイッチに、卵液をつけてじっくり焼いたパンと普通のトースト。サラダを少しとオレンジ、ソーセージ2本、野菜スープ、牛乳。

サンドイッチにナイフを入れると、チーズが溶け出して目に美味しい。ソーセージはパリッと音が美味しい。味も美味しいけど。

トーストにバターを塗って、ブラックベリーのジャムを載せて。まずはバターだけのところをもぐっと。ブラックベリーは甘酸っぱくってこっちもいい。

また簡単に幸せに。


朝の散歩と畑の手入れ。

「おはようパル。そろそろトマトが赤らんできたね」

「おはよう。ああ、楽しみだね」

畑でパルがトマトの脇芽《わきめ》を摘んでくれていた。俺も参加。

主幹と葉のつけ根から、ちょろっと生える脇芽はそのままにしておくと枝になる。放っておくとたくさん実をつけてくれるけど、代わりに栄養が行き渡らないものも出てくる。なので大きなつやつやな実を作るために、ぷつっと折っておくのだ。

俺が日本から持ってきた野菜や果物の話、こっちの原種っぽいものの話、最近やっていることや行った場所の話など、雑談をしながらせっせと作業。

害虫は来られないようにしているし、小さな精霊も手伝ってくれるしで、だいぶ楽をさせてもらっている。

「あの辺の島は土がよくないね」

「うん、この山から腐葉土《ふようど》を運んでみたり、森から運んで混ぜてみたりはしてるけど」

「南東の方に黒い岩棚があるから、砕いて持っておゆき」

こんな具合に悩みのダイナミック解決法を教えてもらったりもするし。

朝の日課を済ませて、放置してきたカーンの元に戻ることにする。リシュがついてきたがったので、一緒だ。だいぶ暑いとは言ったんだけど――宝物庫なら広いから直接転移できるかな？　地下だから外よりはるかに涼しい。

【転移】したら廊下だった。どうやら中にカーンたちがいるせいでズレた様子、押し出し式です。

「お邪魔します。まだここにいたのか」

冷静に考えると、宝物庫に許可なく出入りするってダメだったな。いや、ここの宝はもらえることになってるからセーフ？　ん？　精霊倒してないからもらえない？　アウト？

「お帰りなさい。急に消えてびっくりした――ちょっと！」

カーンに寄り添ったベイリスが言う。

「なんだ？」

「その精霊は……？」

座ったまま、なんだか身構えているカーン。

「俺の愛犬。リシュだ、よろしく」

あ、やべ。リシュがエクス棒咥えてる、このせいか！　もう色々遅いのでスルーします！

「ツッコミどころが満載なんだが、まずはシャヒラを助けてもらった礼を言う」

胡坐《あぐら》をかいた膝に拳を置き、頭を下げるカーン。

「昔の縁《よすが》が現れるけど惑わされるな、みたいなこと言うから、黒精霊が擬態して出てくるのかと思ったぞ」

黒精霊が害をなすのをカーンが抑えてるのかと思ってたら、違った。

いや、カーンも抑えてたのだろうけど、まだ人を思う元の精霊の部分が残っていた。

『王の枝』は全体的に色が濃くなって真っ黒になるのかと思いきや、間近で見たら白い部分が残っており、現れた白い精霊も擬態している風には見えなかった。切り離したらその正気な部分を分離できるかな？　程度の判断だったけど、うまくいってよかった。

「黒い精霊を残したのはなぜだ？」

「消したらあんた死にそうな気がしたから」

「……」

「そうね、抑え込んでいたけれど、長い年月抱えて徐々に同化していってたもの。それに人の寿命はとっくに尽きているはずね」

黙り込んだカーンの代わりにベイリスが言う。

枝を切り離したのも頼りない勘からだったし、黒精霊を消してしまって大丈夫な自信がなかった。白い方がいれば平気かもとも思ったけど、シャヒラがあの時俺に向けた視線からすると、ダメだった可能性の方が高い。

白い精霊が消えずに本体である『王の枝』を守れたのは、王であるカーンがまだこの地を愛していたから。

『王の枝』は条件をことごとく反故《ほご》にすると、崩れて消え去る特性があるので、黒い精霊になるとあまり長くない。

白い精霊が本体である『王の枝』を守っていたのは、自分が消え去るのが嫌なのもあったろうけど、自分が消えると同時にカーンが死ぬのが嫌だったからだろう。

「ダメだったら、予定通り焼くなりなんなりするつもりだったし、うまくいってよかった」

美女なベイリスに恨まれるのはぞっとしないしな。

愛しそうにカーンの頬《ほお》を撫でるベイリス。俺も座り込んで、胡座の中にリシュを抱いて撫でている。大丈夫、リシュの方が断然可愛い。

「俺は最後の王として、この地で死ぬつもりだったんだがな……」

髪をガシガシと乱暴に掻き回すカーン。

「あいにく俺は、死に花を咲かせる系の話とは縁遠い人生を送ってきたもんでな。ベイリスもいるし、『王の枝』にも生きることを望まれてたんだから諦めろ」

なんとなくカーンが長い生に飽いて、自分ごと終わりにしたいと望んでいる気配は感じた。そばにいるベイリスも納得している風だった。だから途中までは何も考えず、カーンがどうなろうと燃やす気満々だったんだけど。

でもシャヒラは違った。枝を見て、望みがあると思ったのもあるけど、俺の心変わりはそのせいだ。

「一千年以上引きこもってるんだろ？　ここ以外の世界を見て回るのもいいし、この地が好きなら長くかかるだろうけど、元に戻すために何かしてもいい。そして、生きるのに飽きたら消えたらいい」

楽しいぞ、あちこちコンコンガサガサして歩くの。おすすめ、おすすめ。

「それがお前の望みか？」

「まあそうだな、最後くらい自由にしたらどうだ？」

自分だけ満足して消えるんじゃなくって、ちゃんと端《はた》から見ても幸せになってからお願いします。

「承知した」

重々しく頷くカーン。もっと軽くていいと思います。

「私はベイリスよ」

「うん。もう名乗ってもらってるぞ？」

「名を呼び返すことが作法だろう」

「ベイリスって？」

カーンに言われて聞き返す。昔の国の、しかも異世界の作法って、俺には謎すぎるんだけど。

「――って、魔力が持っていかれたんだが？」

「私はそこそこ大きな精霊だもの。最初だけはどうしても、ね？」

いや待て。

「ね、って言われても困るんだが。カーンと契約してるだろう？」

何がどうして俺と契約なんだ？

「私は今、カーンの眷属ね。そしてカーンは貴方《あなた》と契約したのだもの、私も契約するわ」

「？」

イマイチ理解できず、首を傾げてリシュをもふもふする俺。すごく心が落ち着く。

「お前……。わかっておらんな？　今、俺はお前の『王の枝』だ」

「なんで枝？」

嫌だぞ、こんな俺よりでかい人型の枝は。

「王たる俺が消える前に、お前がシャヒラに名付け直したからだろう。信じられぬことに契約の上書きが起こった」

「直後にカーンと同化しちゃったから、今は実質カーンが『王の枝』で、貴方が契約者」

苦い顔のカーンと楽しそうなベイリス。

「困るんですけど」

「もうすでに終わっている。俺はこの件について、困惑するのは昨日一晩で済ませた」

カーン、心の整理つけるの早すぎないか？

「俺がなんかしないとカーンが消えちゃうのか？」

「弱体と変質も起こっている。俺が望むか、お前がシャヒラに命じた俺の延命を解かぬ限り消えんわ」

「魔物なのか聖獣なのかわからない存在よね〜」

答えるカーンの腕にベイリスがそう言って抱きつく。

おのれ、いちゃいちゃしおって！　丸い胸が腕にくっついてるというのに、カーンは涼しい顔。

「これからどうするんだ？」

「世界を見に行く」

コンコンする棒贈ろうか？

「それですまんが、やると言ったこの宝物から、1つ残してもらってもいいだろうか？」

「いいぞ。というか、国を復興するならちょっとだけもらってあとは残してくぞ」

「いいや、一度言い出したことだ。それに人もおらん、やるとしてもだいぶ先だ」

カーンが望んだものは、転送円と転送クリスタルのセットだった。転送円は名の通り、丸いプレートの上に乗ると対になった転送円に出られるものだそうだ。

大きなものがこの神殿にあって、それと対なのだ。クリスタルは転送の際に使う消耗品。ベイリスは砂漠の精霊なので、長く――10年単位だが――ここから離れていられないため、連れていくなら定期的に戻る必要がある。

カーンの時代でももう作れる人は残っておらず、失われた技術だ。知識はあっても世界の精霊のバランスが大きく変わっていて、作るの無理なんだって。見せてもらったけれど、わからないところが多い。条件を揃えるのも難しそう。

転送円を置いた拠点から周囲を見て回り、飽いたら拠点を移すということを繰り返すつもりだそうだ。

とりあえず俺の知ってる今の話を聞かせ、都合のいい身分は冒険者だろうということになった。一応身分証は、ソレイユの名前で発行したものを持たせた。


そういうわけでカヌムだ。

ディノッソと執事とレッツェに助けを求めた。俺じゃこの世界を説明するのはどう考えても不適格だから。

カードゲームをする部屋でカーンを引き合わせたら、ディノッソはこれ以上ないほど警戒し、執事は気配を消した。

「お前は……」

2人の様子を見て、レッツェが俺に呆れた視線を寄越した。

「カーンだ、よろしく頼む」

そんな様子の3人を気にすることもなく、ニヤリと笑って名乗るカーン。

「首の後ろがゾクゾクしやがる。あんた何者だ?」

ディノッソの声が緊張している。

「ジーンの『王の枝《それ》』だ」

対するカーンはあっさりと言い放ち、くつろいだ様子で酒を口にする。

【転移】で連れてきた直後は、部屋の中をあちこち見て回り、皿やらカップまで手に取ってしげしげと眺め、落ち着かないことこの上なかったのだが。

「『王の枝』ってエクス棒か？」

レッツェがエクス棒を見る。

「オレとは別の枝だぜ！　さすがにオレがおっさんになるのは早いだろ！」

元気よく答えるエクス棒。

リシュは人が多いところは好かないので、『家』に送ってきた。カーンのそばにはベイリスがいるのだが、砂漠から離れたせいか少女の姿になっている。

カーンのロリコン疑惑がこう、ね？

執事が頭を抱え込み、ディノッソが眉間《みけん》を揉んでいる。

「ちょっと先に確認いいか？」

「なんだ？」

話しかけたレッツェに、面白がるような視線を向けるカーン。

「精霊なのか人間なのか、どっちだ？　俺はこの３人と違って、ごく一般的な人間なんでね、感覚でわかるってことがねぇんだ」

色々経験則とか推理で言い当てる男が何か言ってる。あと、俺にもよくわかりません。

「どちらでもないし、どちらでもある、な。俺自身も俺が一体何なのか答えられん」

そう言って、両手を目の前に持ってくる。手術前の医者か？

「右手は狂う前の『王の枝』」

パキパキとカーンの手のひらと甲から細い白銀の枝が芽を出し、枝分かれして肘のあたりまで伸びてゆく。

「左手は狂った『王の枝』」

右手と同じように、しかし今度は黒い枝が腕を覆う。

白と黒が混ざり合って最強な感じの……いや、混ざったら灰色か。

「『王の枝』の精霊に憑かれ、延命されている元人間としか言えん」

カーンが手を下ろすと同時に、枝が逆回しのように戻って手の中に吸い込まれてゆく。

「『王の枝』が人間に憑く……？　聞いたことがありませんな。本体のある精霊は、一時的に人を操ることはあっても憑くことはないと認識しておりましたが？」

執事が不可解そうに言う。

「実際あるのだから仕方がない」

肩をすくめるカーン。

「色は違うが、さっきのはミストゥルトウ——ヤドリギだろ。本体が寄生植物だからじゃねぇか？」

レッツェが言う。あの金属質っぽくって色が白だの黒だのだが、ちらっと見ただけでよくわかるな。

「先祖は『王の枝』を得る旅の途中、冬枯れの木々の枝に常緑を見つけ、枯れぬ緑を願った、とか。それがヤドリギか？」

カーンがレッツェに聞く。

「ああ。冬の木の枝に常緑の細かな葉をつけた丸いのならば、ヤドリギだな。このあたりでは幸運を呼ぶ木とされてる」

俺のエクス棒も枝をくれた『精霊の木』とはほど遠い。『王の枝』の外見って、ある程度望みのままなのか、もしかして？

「そうか、ヤドリギというのか……」

感慨深そうなカーン。

「で？　どこの『王の枝』なんだ？」

「エス川の河畔、緑の王国ティルドナイ」

今度はディノッソの質問に答えるカーン。

「砂に埋もれ消えた王国、でございますか。発見の話はついぞ聞きませぬが、竜の地に伝説の地を探し求めた冒険者が何人かおられますね」

執事が言う。

「お前、そんなところまでコンコン行ったの？」

はい、行きました。レッツェに頷く俺。

ところで、なんで俺はレッツェに口を塞がれてるの？　いや、振りほどけないほどじゃないというか、軽く手を当てられてるだけだけど、口を開くなってことだよな？

「お前から説明されるとノートが再起不能になりそうだから、もうちょっと黙ってような」

目で訴えたら答えが返ってきた。ひどい。

「ただ在るだけで魔物を避け、精霊を集める『王の枝』と違って、力を消費せねば魔物を避けることも、精霊を寄せることもできん。契約者のジーンも俺に何かさせる気はないようだし、ただの人と扱ってくれて構わぬ」

何かさせようとしたら変形や変身でもするんだろうか……？

「い、いや、ただびととは到底思えぬ気配でございますがな」

「何がどうなったか知らねぇが、のこのこ行ってこれと契約したのか……」

執事とディノッソが言う。

俺だって顎を割りかけるくらいには苦労したんですよ！　手だって焼いたし！

カーンが望んだのは、街での振る舞いの教授。金や、冒険者ギルドをはじめとした機関の使い方、そのほか社会情勢。千年以上の隔たりがあるからね！

連れてゆくのはナルアディードの島かと悩んだんだけど、本人が冒険者としてあちこち見て歩くって言うのでこっちにした。

島の付近は、マリナにある『王の枝』とナルアディードの『精霊の枝』の効果と、ドラゴンのお陰で、魔物はほとんど出ない。

別にドラゴンは人間のために退治しているわけではなく、魔物を餌《えさ》にしてるだけだけど。

エス川が氾濫する季節は、川の精霊の力が強くなるせいか、その周辺にはあんまり姿を見せない。ドラゴン、早く見たいな。

カーンはしばらくカヌムで生活して、慣れたらあちこち見て回るそうだ。強さは全く問題なさそうだし、王様をやってたし、知識さえあれば世界を歩くのになんの問題もないだろう。

で、俺も一緒に主な国の成り立ちや、旅人が通ってはいけないところとか、勇者のいる国のこととかを学習することになった。

仲間だと思ってたカーンはあっさり国名とか覚えやがるし、国同士の問題に対して察しがよすぎ！　実質は俺の勉強会……っ！

「もうダメです、休憩お願いします」

前にアッシュと執事にざっくり教わり、昼食を一緒にするたびにもちょっと教えてもらってるんだけど、国が多すぎ問題。あと、滅ぼされすぎ興りすぎ！

戦争中だと色々物資が足りず、旅人を国の兵が普通に襲うそうです。あとやっぱり精霊を酷使しているせいで作物が採れなくなってて、飢えをしのぐために隣の国から奪う方式らしく、悪循環。

中原絶対行かない！

「今の酒は美味いな」

学習中もずっと酒を飲み続けているカーン。酒豪だ、酒豪。

「ああ、そいつは特にな。ジーンが作ったもんは大体美味いんだよ」

そう言うディノッソに、片眉を上げてみせるカーン。

「俺はジーンが普通に街で生活していることに驚いている」

「この部屋を普通とするのは危険かと」

執事がカーンに返す。

「快適なのはいいことだろ」

そう答えながら机の上を片づけて、適当に料理を並べる俺。

焼き鳥、シシトウを焼いたの、アサリの酒蒸し、豚耳とセロリの炒め物。そしてちょっとお試しで日本酒。

「説明し忘れてたが、この部屋は異次元だと思ってた方がいいぞ」

ディノッソ、異次元ってなんだ。なんの仕掛けもない普通の部屋ですよ！

「後日、一般的な部屋にご案内いたしましょう」

「これに慣れるとカヌムから出られなくなるんじゃねぇか？」

俺用にお茶を淹《い》れてくれる執事と、焼き鳥に手を伸ばすレッツェ。

日本酒は好評だが、やはり量を飲むならワインがいいらしい。酒が入れば会話も弾む。

「よし、わかった。やはり今の時代でも普通は『王の枝』を持っていないし、【転移】もしないし、強大な精霊をペットにもしていない」

カーンが杯を空けて一気に言う。

「それが正しい理解でございます」

執事が微笑を浮かべながら、カーンの杯に酒を注ぐ。

「この酒がないのは残念だが、安堵《あんど》した」

「なんでジーンに直接聞かなかったんだ？」

太い息を吐いたカーンにディノッソが尋ねる。

「明らかに強大な精霊に仔狼の姿をさせておいて、何かと問うて『愛犬』と返してくる者に何を聞く？」

「あー……」

聞き返したカーンに、ディノッソが変な声を上げながら俺を半眼で見る。

「リシュは普通に仔犬だし、頭から尻尾まで可愛いだろうが」

どこからどう見ても可愛い。

「フォルムの問題じゃない」

「仕草も可愛い」

否定してくるディノッソに間髪入れずに反論する。

執事が小さく首を振っているのを見て、レッツェに視線を向ける。

「まあ、可愛かったけど」

「カルビ焼きもあるぞ。つくねをピーマンに挟んで食っても美味しい」

セセリ、ネギマ、皮——レッツェの皿に串を増やす俺。

理解できない、みたいな視線をレッツェに向ける3人。

「いや、俺は普段、見えねぇし、精霊の気配も読めねぇんだよ。威圧されるとか、精霊が気配を主張してこねぇ限り無理。普段俺に見えねぇ精霊が見えりゃ、頭じゃ強い精霊だってわかるけどな」

新しい串を口に運びながら言うレッツェ。

「凡人なんでな、見た目に印象が引きずられる。あんたらと一緒にされても困る」

「リシュは見た目通り可愛いぞ」

「一周回ったお前と一緒にされるのはもっと困る」

拒否するレッツェ。ひどい。

「見えんのか?」

カーンがそう言うと、ベイリスが肩のあたりに姿を現す。

部屋を物珍しげに見て回り、3人への紹介を終えたあとは、カーンの胸にかかった小さな容器のついたペンダントの中で休んでいた。本体である砂漠から引き離されたばかりで落ち着かないらしい。

親指の先ほどのガラスの容器は、上下に金の装飾が施され、中には砂漠の砂が入っている。

普通は薬を入れる容器らしいんだけど、ベイリスのいい寝床になっているようだ。

精霊はガラスを通り抜けられないので、体を預けるのにちょうどいいのかもしれない。入る時は金属部分から。

「カーンは見えているし、ヤドリギも見えたけどな」

「ふむ。『王の枝』は実体ごと俺と同化しておるからな、誰にでも見える」

どうやらレッツェが本当に見えないのか試したらしい。カーンが納得すると、ベイリスはすぐ姿を消した。

「そういえばカーンの『王の枝』って、全部出すとやっぱり丸くなるのか？」

ヤドリギは木の枝に丸く育って、結構可愛い。

「丸く……？　台座に飾ってあった時の形が基準なのではないか？」

残念、台座にあった時が基準なら、先にゆくほど枝分かれが多い繊細な枝ってくらいだ。きっと、枝と言うくらいだから全体じゃないんだな。

「我が契約者殿がずれている、基準にしてはいかんことだけは理解した。今の時代の勇者を避けることとも承知した」

納得してたら、なんかカーンがまたひどいことを言っている。

「それがようございます」

そして執事が肯定。

俺の扱いひどくない？

「なぜ、こんな緩い男が氷の問題を解決し、俺の生殺与奪《せいさつよだつ》の権利まで持って主に納まっているのかわからん。だがまあ悪い気はせん」

「人に左右されず、無理せず、思う通りに、快適に生きてゆくと決めてる」

人の都合で行動を制限されるのは特にご免被《こうむ》るので、空気は読まない所存。姉に関わるのは絶対嫌だが、かといって姉を気にしてコソコソするのも嫌だ。

「やらかすなら安全は確保してやらかせよ？　搦《から》め手で攻めてくるのもいるし、勇者の関係者以外にも厄介なのはいるぞ」

「うん、いざとなったら逃げてくる」

レッツェの忠告に逃亡宣言をする俺。

「大森林の迷宮が健在だとはな。王になって諦めた夢がどうやら叶うらしい」

その後、冒険者の動向を、ディノッソたちに聞いていたカーンが感慨深げに言う。

迷宮はいくつかあるんだけど、一番深い、かつ癖のない迷宮が、魔の森にある迷宮だ。

他は古城の迷宮とか、常時霧がかかり鬱々《うつうつ》として幽霊が出る系とか、火山地帯や氷雪の山で環境が厳しいとか、あまり長居したいところではない。

「あー。俺も一家で迷宮に潜る予定なんだが、家の居心地がよすぎて拠点が移せねぇ……」

そういえばディノッソはそういう予定だったな。

「迷宮に通うのであれば城塞都市からですな。手頃な宿屋は子連れでの連泊には環境がよくございませんし、月貸しの部屋を借りることになりますか。トイレは共同、もしくはなし。かといって一軒家の空きはほとんど出ず、望む水準の環境のいい宿屋は金5枚は固いかと」

執事が相変わらず博識。

「もう一般的なトイレ事情に耐えられる気がしない」

「ふははは」

大げさにがっくりしてみせるディノッソに笑う俺。城塞都市には行かせないぜ！

とりあえず、カーンの転送円は、ここの作業場にしている3階の隅に置いておくことになった。カーンはしばらく、レッツェたちのいる貸家の一部屋に住むことに。リード大丈夫かな？

ディーンたちもそろそろ帰ってくる頃だ、娼館《しょうかん》に居続けてなければだけど。

2章　島の水路

本日の朝ご飯は、焼き鯖《さば》の切り身、だし巻き卵、タコの酢の物、蒸し鶏とオクラと茗荷《みょうが》の梅和え、お浸し、ふっくら炊き立てのお米とお味噌汁。

朝から気温が上がってきたのでさっぱりめ。でも味噌汁は熱々のアサリの味噌汁で、浅葱《あさつき》をたっぷり散らす贅沢。

昨日は、冷えるプレートを設置した箱に詰まっていた大福をむにむにさせてもらったし、いい1日だった。今日という日も楽しいといいな。

そんな風に思いながら山歩きと畑の手入れの日課を終えて、塔へ【転移】。リシュも連れてきたいけど、狭いし、棚の材料とか転がっていて危ないから完成してからだな。

棚の組み立て、ベッドフレームの仮設置、冷えるプレート増設……。暑かったんだよ！　分厚い壁で覆われてる塔だけど、さすがに暑い。この塔は南東の陽を遮《さえぎ》るものがない崖に、へばりついてるような感じだし。

ちょっとプレートの上で涼んで、棚の組み立て作業再開。プレートは天井につける方がいい気もするけど、天井はすでに綺麗に仕上げてもらってるし、あとからつけて落ちてきても困る。

ああ、石壁に直描きするか。ちょっとでこぼこしてるのは『斬全剣』で平らにしてしまおう。石組みの境を避けないといけないけど、小さいのをいくつか描けば模様っぽくなるし。ただ、大きいのをどーんと描くより面倒だけど。

よし、これ以上暑くなる前にやってしまおう。

木製の脚立《きゃたつ》を2つ用意して、横移動できるように板を渡す。あとはもうガリガリと。トカゲくんが見に来たり、細かな精霊が寄ってきたり。コピー能力が欲しいと思いつつ、ひたすらガリガリ。

細かな精霊が来たんで、書き損じなければ性能のいい冷房プレートになるはず、なるはずだから頑張る。

魔石の設置はどうしようかな？　やっぱり下でできた方が後々楽だな。って、また描くのか！

他の部屋は壁を木のパネルで覆って大きく魔法陣を描いたり、魔法陣をガリガリした石のプレートを絵画のように壁にかけたりして済ませることにした。

むらなく冷えるのはこの倉庫部屋だけになるが、まあいい。薬とか色々置いとく予定だし、ちょうどいいだろう。

燈《あかり》は砂の神殿で学習してきた、光の精霊の寝床。寄ってきた精霊に名付けるという反則も少々。光の中でも熱を伴う精霊には遠慮してもらう。昼間は海面で穏やかな波に揺られて、遊ぶような精霊たち。

天井近くまである棚が並ぶ部屋。塔はもともと狭いので、壮観と言うほどではないけど、この部屋は高さだけはある。雰囲気があっていい感じに仕上がった。

まあアレだ、梯子《はしご》でも届かない場所があるのはご愛嬌。組み立ては精霊が手伝ってくれました。雰囲気大事。

さっそくいくつか並べる。

キンカ草で作った薬の入った瓶、赤トカゲから作った軟膏《なんこう》、薬師ギルドで教えてもらった薬。サザンウッドの実を砕いた毒消し、燃え殻と油を混ぜた毛生え薬、セランダインのオレンジ色の汁を白ワインに混ぜたもの、あちこちに植えられてちょいちょい使われてるベトニー。

オオトカゲのツノで作った針、皮で作った四角い防水布、小瓶に入れた魔石を1種類ずつ。

一応、作業台も作ったけど、ここは俺のコレクションルームだ。時々眺めてにやにやしよう。

日々ごそごそやっていると、どうやっていることを知るのか、時々アウロがやってきて、飲み物を置いてゆく。タイガーナッツと呼ばれるショクヨウガヤツリの塊茎《かいけい》を絞って蜂蜜を混ぜたものらしい。

見た目は豆乳っぽくって、蜂蜜のお陰か、甘いが後味は不思議とさっぱり。アウロ曰く、夏バテに効くそうだ。当然こっちには冷蔵庫なんかないから温《ぬる》いんだけど、冷えるプレートの上に載せておくといい具合。最近はもう少し冷えるプレートが作れないか試行錯誤中。あれか、塔に閉じこもっているから熱中症を心配されてるのか。すまんな、玄関ホールは暑いままだけど、他は涼しいんだ。

悪いので時々サンドイッチやら、クッキーを返す。クッキーは、エダムチーズっぽいコクがあるけど最後に酸味が来てさっぱりな印象が残るチーズと、塩が入った、甘いもの苦手用。

そういえば、人の名前や地名がついたサンドイッチやアールグレー、ダージリンは【言語】でどう訳されてるんだろうな？　通じればまあいいんだけど。

それにしても、過剰に世話を焼いたり、ちょっかいかけてくることもなく、でも心配していることは行動でさらりと伝えてくるアウロが、当初と別人みたいなんだが。中身入れ替わってないか？　大丈夫？

塔の改造に勤《いそ》しみ、レッツェがカーンを案内するのにくっついていき、ルタでアッシュと遠乗り。日々そんなことをしてたら、ディーンたちが帰ってきた。

「綺麗なお姉さんはどうだった？」

「おう！　極楽だったぜ」

「あそこは別天地だからね、日常の憂《う》さや魔物との戦闘で積もった澱《おり》のようなものが消え去るようだよ！」

あー。そういえば魔物――悪意を持った黒い精霊を倒すと、黒い細かいのが飛び散って、戦闘を重ねるほど積もり積もってしまうんだっけ？

細かいのはいいものも悪いものも普通はすぐ消えるけど、冒険者は消える前に次の魔物を倒してってことが多いから、どうしても溜まる。クリスが言う澱というのは、その黒い細かいののことだろう。

城塞都市の娼館行きに2人が積極的なのは、その辺をなんとなくわかってるからか。あれ？ レッツェ大丈夫？ 執事は？

ディノッソ家は家族団らんで、アッシュは甘いもので癒《いや》されてそうだけど。

「いやもう、エンダちゃんの胸が最高で！」

前言撤回、ディーンはただの女好き。

「リードはどうした？」

「あー」

俺の質問に視線を彷徨《さまよ》わせるディーン。

「ユニコーンとは別のものを見て、ちょっと落ち込んでたけど平気だよ。私の弟はそんなに弱くない」

笑って言うクリス。

あんまり弟《リード》に構ってる風でもないのに、クリスはなんかいい兄ちゃんだな。

で、リリス一行が帰る。当初言っていた1週間の予定より数日多い滞在となったが、決してリードが城塞都市から戻ってこなかったせいではない。

単純にリリスの商談と人脈作りに時間がかかってただけだ。うまくいったらしく、後半は誰かに招かれて食事とか、お茶会とかに出かけることが多かったようだ。

必ず寄るような中継地点が近いならともかく、旅は早立ちが基本なので、パンを届けがてら見送ることに。普通に食べるいつものパンと、二度焼きした保存が利く固いパン。

固いパンは、1回目を棒状の生地をくるっと丸めて、真ん中が空いた状態で焼く。膨らむので穴はヘソのへこみ程度に。2回目は上下半分に切ってから。分厚いのが好きな人は二重に巻くけど、俺は薄めのカリカリが好きなので一重。

旅のお供の差し入れのつもりだったのだが、その固いパンはアッシュの家の朝食に上がった。好評だったようだけど、使い道が違う。

『君が貴族たちとうまく渡り合えないとは思わないが、もっとシンプルな思考と関係が好きなのも知っている。自由に幸せになって欲しい』

『父を頼む』

上からリリスとアッシュが話す声が漏れてくる。アッシュの家の3階は、居間があって、その奥に寝室、中庭を挟んだ部屋が客間という感じ。

水を日常的に運ばなくちゃいけない関係で、こっちでは使用人がいない場合は、2階が一番人気の部屋で、いる場合は3階の人気が高い。

屋根裏部屋は暑さ寒さがダイレクトに来るので、人気がなく、貸家ではたいてい大人数が詰め込まれているのが普通だ。4階以上の建物は少ない。

俺がいるのは2階の応接室というか、客に茶を出す部屋だ。確かこの同じ階に執事の部屋があるのかな?

で、扉を開けて話しているのか、階段を伝って2人の会話が聞こえる現在。

せめてこの部屋の扉を閉めたいところだが、こっちはこっちでリリスについてきた若い侍女さんがいてですね……。執事が出入りするので完全に2人きりというわけじゃないのだが、なんとなく密室を避けて開けっ放しのままだ。

侍女さんは召使いらしく控えてて、会話もないけどね。

「おう、早いな」

「パン届けてそのままいる」

執事に案内されて、ディノッツォが来た。

知らない人と2人きりだったんですよ、もっと早く来てください。俺に社交能力を期待しないでくれ、なんの目的もなく場を繋ぐために会話するって無理！　泣くぞ！

心の中でディノッツォに当たり散らしながらお茶をひと口。

こっちでの旅は命の危険が伴うので、知り合いが旅立つ時はなるべく見送る。シヴァたちは一足先に広場に行って、早朝だけ出る屋台で朝食中だそうだ。

薪の消費が馬鹿にならないので、冷たい朝食や、屋台で済ます人は多い。魔の森があるからナルアディードほどではないけど。

ディーンたちはリードについて馬を迎えにいってる。最終的に広場で落ち合って、リリスたちが門を出るのを見送ることになる。外はようやく白んできた頃。

「どうぞ」

執事が、俺の前に並んでいるのと同じものをディノッツォの前に並べる。お茶と砕いたナッツの入ったクッキー。

『……で？　ジーンとの仲は進みそうなのか？』

上から聞こえるリリスの声が不穏だ。聞こえないふりをしてクッキーを食べる。

『あまり進まないようなら、胸でも押しつけて――いや、無理か』

リリスは女性《アッシュ》に何を勧めてるんだ、何を！『無理か』のところで、絶対、アッシュの胸に視線をやったろう⁉

たぶんアッシュも「うむ」とか「ああ」とか答えてるのかもしれないが、リリスの声の方がよく通る。

『やはり男性は大きい方が好きなのだろうか？』

珍しくアッシュの長文が聞こえたかと思えばそれか！

『たいていの男はまず私の胸を見るね』

『むぅ……。ジーンも最近、胸の大きな男を連れてきた』

男？　カーン？

待て、それじゃ俺が男の胸が好きみたいに聞こえるからやめてくれ！

『――男の胸は勘定に入れなくていいと思うね』

リリス、もっと言ってやってくれ。

そういえばアッシュは、前も自分の胸と男の胸を比べてたな。筋肉？　もしかして筋肉で大きくしようとしてる？

「お前、百面相になってるぞ。気持ちはわかるけど」

ディノッソも微妙な顔をしている。

「いたたまれない」

女子トークは扉を閉めてください！　いや、これが女子トークなのか自信はないけど。

『君も女性化している最中のようだし、少し揉んでマッサージするなり努力してみたらどうだ？』

『む……。わかった、ジーンに揉んでもらおう』

ぶぼっ！

「うわ！」

俺が噴き出し、ディノッソがガタリと椅子ごと避ける。

「げほっ！　げほっ！」

茶が気管に入った！

冗談なの？　本気なの？　どっち⁉

俺が咳《せ》き込んだのが聞こえたのか、上の会話はピタリと止まり、あるいは小声になって聞こえてこなくなった。

「お前、難儀だな……」

ギリギリ茶を避けたディノッソが、同情の眼差しを向けてくる。

ちょっともう俺は朝から疲れたんで、帰って寝直していい？

俺が突っ伏していると、今度はレッツェとディーンが来た。

「ん？　馬の用意に行ったんじゃないの？」

「もう広場に待機状態だ。だからお迎えと荷物運び要員」

「クリスも、最後に兄弟水入らずがあった方がいいだろ」

ディノッソにレッツェが答えて、ディーンが肩をすくめてつけ加える。

「で？　これは？」

「ああ、ちょっと刺激が強い会話を耳に入れて撃沈中」

ディーンの言うこれって俺か。

「なんだ？　貴族なら子供の2人や3人いる年で、胸の1つや2つで動揺しているのか？」

部屋に入ってきたリリスの声。

こっちの世界ではそうかもしれないけど、日本では違うの！　そう怒鳴るわけにもいかず、顔を上げて文句のために口を開いたところで止まる俺。

「む……。男子は揉みたがるものだと認識していたのだが」

困惑したのか、怖い顔になってるアッシュ。揉むよ、揉むけどなんでもいいわけじゃないから、悔い改めて！

「あー。アッシュのそれは騎士団の知識？」

「うむ。よく同僚がそのような話をしていた」

レッツェの疑問にアッシュが答える。

「騎士団はコイツ系だから、意見を参考にするのやめとけ」

そう言って、ディーンを親指で指す。

「褒められてそうで褒められてねぇよな!?」

助平だって言われてると思います。全く褒められてないぞ、ディーン。

「む……」

「普通にしとけ、普通に」

ありがとう、レッツェ。今度冷んやりプレート贈る。

「普通にしていたら進むものも進まないと思うけどね」

「ぶち壊れるよりマシだろ」

呆れたようなリリスにレッツェが言う。

「リリス様、ゴルド様とのことは諦めた方がよろしいかと。性別が折り合わず、ということもございますし」

黙っていた執事が口を挟む。ゴルド様？　性別？

「リリス様の兄上、ディーバランド家当主です。そろそろお子が生まれると伺っております。ご自分がアーデルハイド家に入る代わりに、アッシュ様のお子をディーバランド家に、ということかと」

疑問が浮かぶ俺の顔を見て、執事が説明してくれる。

「私がアッシュを追い出して、乗っとるような形になるからね」

肩をすくめてみせるリリス。

ああ、年が違いすぎると、ロリコンかショタコンになるから急いでたのか。――それにしてもロリコン案件多くない？

「そのようなことを考えていたのか？　気持ちは嬉しいが、不要だ」

「悪かったよ」

アッシュと俺に謝るリリス。

「でも君の子にはそういう選択肢もあるって、覚えておいて欲しい」

アッシュに向かって、弱く微笑む。

破天荒に見えて、貴族の価値観を持っているリリス。だから家を捨てたアッシュと、ちょっとすれ違って、その分ちょっと寂しいのかもしれない。

子供の話は、決して精霊を見る能力を取り入れたいだけじゃないって思いたい。この人のことだから、家のための打算とアッシュへの友情のどっちも同じだけあって、器用に両立させてるんだろう。

嫌いじゃないけど、ちょっと苦手。アッシュには悪いが、リリスが国に戻ることが確定してホッとしている俺がいる。ぐいぐい来る女性からは、どうも逃げたくなる。


色々あって遅刻気味で広場へ。リリスと侍女さんの荷物は、レッツェとディーンが連れてきた馬に載せて運ぶ。街中では広場と大通り以外は馬に乗っちゃいけないので、手綱《たづな》を取って歩く感じ。

広場についたら馬のほかに馬車が3台。どうやら戦利品——じゃない、商談で得た商品第1弾が積載されているようだ。鞍《くら》を載せた馬もいて、どうやらリリスだけでなく侍女さんも馬に乗る模様。

愛馬と一緒にリードがいる。

「リードが煤《すす》けてるけど大丈夫か？」

なんかキラキラしてたのが色落ちしたような印象に。リードの愛馬が顔を寄せて慰めている。

「やるべきことを見つければすぐに元に戻るよ。よくも悪くも一直線だからね」

何度も大丈夫か聞いてしまう俺に、嫌な顔をせずに返事をくれるクリス。

「それにしても馬車3台か……」

ディノッソが言う。

さらに取引相手っぽい商人が数人見送りに来ていて、リリスに挨拶中。

「やべぇ、領主の家令までいるじゃねぇか」

レッツェが呟く。

領主より冒険者ギルドや商業ギルドの方が力を持っていて、転出転入が多い中でうまくやっている。領主は面倒ごとは丸投げで、両ギルドからの上がりで潤ってるので特に文句がない状態。そこに『精霊の枝』が微妙に絡むのがカヌム。

他の街と違って普段の生活ではあまり領主の存在を感じないんだけど、やっぱり目の前にいると驚くし、頭を下げるみたいな感じ。領主館に招かれたとも聞いたし、籠絡《ろうらく》済みっぽい。

リリス、辣腕《らつわん》。

「ティナ、すまない。今の私には自分の心に自信が持てない」

「いいのよ、素敵な時間だったし！　自慢できるわ」

こっちはこっちで、リードがティナの前に跪《ひざまず》いて何か始まってる。

「ティナ殿は寛大で可愛らしいな。それに三つ編みも似合っている」

ティナが屋台で買ったらしい花を、リードに1輪贈る。それを見ながらアッシュが呟く。

今日のティナは、シヴァに髪を編み込んでもらって、ちょっとよそ行きの服を着ている。いや待て、アッシュ、あの編み込みは三つ編みの認識？　俺でも違うもんだってわかるぞ？

俺とティナの頭をお揃いにされても困る。許容は三つ編みまでの約束なんだが、アッシュの中ではその三つ編みの範囲が広そうな気がしてきた。

以前編んでもらった俺のザリガニも、実は三つ編みじゃなかった疑惑。あの時、出来を気にしてやめるかと聞くアッシュに、続けていいと言ったのは、頭皮マッサージみたいで気持ちよかったからだと正直に伝えた方がいいんだろうか。

乙女心もアッシュ心もわからん！

◆◇◆◇◆

ナルアディードの島に来ている。

井戸を作った塔の上に立って、城壁の先に屋根と広場の一部――出来上がりかけている街を眺める。

街の広場の中央に『精霊の枝』、茶屋兼軽食屋、飯も出す酒場兼宿屋、カードゲーム室をつけたお高い宿屋、ちょっと高めのものを扱う市場、食料や生活雑貨の市場、入り口の階段でも催しができる劇場。他は、下の階を店舗にできる家屋が少々。

まだできていないところもあるけど、これで水を流してもっと緑を増やせば、綺麗な街になると思う。

市場は狭いけど、島の大きさからしたらこんなものだろう。高めの方は出入り口に徴税官のいるスペースがあって、買った人にも税がかかるこちら風。

食料や生活雑貨の方は、出店料を取る方式で、買う方は無税。入り口から順に日極め、月極め、年極めで貸し出す。奥にゆくほど貸出料が高く、広く、設備もしっかりしたものになる感じ。船荷からも税は取るし、全体的にはお安め設定。

隣に兵士の詰め所兼銀行っぽい何か。両替がメインで、俺の知ってる銀行業務と、朝に借りて少しの利子をつけて夕方返す烏金《からすがね》と呼ばれるものも扱う。借りた金で朝に何かを仕入れて振り売りし、夕方に売り上げから返す使い方だ。

街のあの辺は薬屋かな？

海の側はまだ完成にはほど遠い。下の住人の大体半分は広場近くに移り、半分は改装のために一時的に引っ越しということで、広場付近の整備が優先されている。

水路は完成、今日は水を流す日だ。

この塔は一番上に鐘のついた鐘楼《しょうろう》があり、井戸はそのすぐ下の部屋。他は、ここまで上がるための階段しかない。塔の中を井戸が貫き、螺旋《らせん》階段が周りについている感じ。

部屋といっても四方に壁はなく、いい眺めだ。井戸を中心として花模様のようなアラベスクのモザイク。これは俺が精霊に手伝ってもらうズルをしつつ作った。殺菌効果をつけたガラスの、清浄だとか清潔を好む精霊が好きな模様だ。

そして石工が作った、階段から井戸までの真っ白な通路。

「じゃあ魔石を設置するぞ」

「はい、我が君」

立ち会いはソレイユとファラミア、金銀。俺に対するアウロの態度に、2人がずっとドン引きしているけど、俺もどうしていいかわからないのでスルーしている。ファラミアも表情はそんなに動いてないけど、床を見つめている。俺のせいじゃないのに視線が痛い。

前回放り込んだら驚かれたので、今回はそっと魔石を置く。すぐに井戸から水が溢れ出し、ガラスでできたモザイクを覆い尽くして、開口部から塔を流れ落ち水路へと至る。

「すごい……」

「これは」

ソレイユとキールが声を漏らす。そして、なぜか嬉しげなアウロ。

水中のガラスのモザイクというのもオツなもの。開口部にある段差より少しだけ高い通路に、水が緩く打ちつける。

「おお、順調」

城の水路を水が流れてゆく。ちょっと嬉しくって面白い。

俺の塔、城の中庭、水道橋をクリアして街の広場へ。まだ何もないけど畑の予定地にも。畑への分岐には、予定通り小さなモザイクを設置して水に栄養をプラス。こっちの水路にはすぐに苔や藻が生えたりするだろう。

「井戸の水を見た時も驚いたけれど、これは圧巻ね。本当に美しい街になるわ」

「今後の移住者の募集計画は少し変更だな」

うっとりした目で街を眺めるソレイユと、ちょっと驚いたようだけどすぐに平常に戻ったキール。

そして街の様子よりも、ファラミアはモザイクにうっとりしてる?

「魔石は大きめを2個、小さめを2個セットしてある。小さいやつの効果が切れたら大きめをセットしてくれ。全部いっぺんに止まらないよう、効果に時差があった方が安心だからな。魔石は火系じゃなければ大丈夫だけど、できれば水系で」

「承知いたしました。テオフに定期的に用意させて、私かキールが確認と設置を行います。2人とも困難な場合はソレイユに」

アウロが胸に手を置いて軽く頭を下げる。テオフは白い髪の魔石師だ。

「ん？　確認は鐘を鳴らすついででいいんじゃないのか？」

細い階段の上には、時刻を知らせる鐘がある。

「ここに下手な奴を入れられるわけがないだろう。時の鐘は『精霊の枝』に作った」

「ここの鐘は特別な日に鳴らすことにしました」

キールとアウロが言う。いつの間にそんなことに。

「まあ、管理してくれるならいいけど」

井戸の浅いところは魔石から力を送る魔法陣があるだけで、10メートルほど潜らないと上に汲み上げる魔法陣は見えない。水を湧かす魔法陣のプレートは井戸の底。

金銀に言われて、魔石を入れる穴は深く変更されているため、１回入れると取り出すのは難しい。水が湧き出す井戸に、水流に逆らいつつ潜って、埋め込まれた魔法陣プレートを取り出すのは困難だ。

それでもやはり、溢れる水の仕組みを知りたがる輩《やから》は多いのだろう。俺だってこんなのがあったら仕組みが見たい。

「ああ、そうだ。これ八方につけといてくれるか？」

「何でしょうか？」

俺が適当に入れてきたズタ袋をアウロが受け取る。俺の担当はアウロになったんだろうか？

袋を開けて布に包まれたものを取り出し、開くアウロ。中身は精霊灯だ。

「何だ？　これもガラスか？」

「相変わらず綺麗な手仕事ね」

キールとソレイユがアウロの手の中を覗き込む。

「これは――」

話す前に小さな光の精霊が蛍《ほたる》のようにすーっと飛んできて、ガラスの丸いところに詰まる。

飛んできて詰まる、詰まる。

1人1部屋じゃないんだこれ。小さいといっぱい詰まるのか。

「そういうわけで、今昼間だから目立たないけど、明かりです」

「何がどうそういうわけなの!?　これ精霊灯よね!?」

ソレイユが叫びながら卒倒しかけてるのをファラミアが支えている。

精霊灯は、魔石から吸い上げる魔力を細くすれば、精霊が見える人――もしくは精霊の契約者だけに明るい部屋が作れる。エスの地下神殿の通路がそれだ。

俺が作ったのは魔力を多めに出して、ライトの魔法とまではいかないけど、過剰摂取で光ってもらうやつ。こっちのパターンの方が普通で、細く調整するより簡単だった。というか、調整が難しすぎ！！！！

「水、水だけでも目立つのに……」

ソレイユが弱々しく言葉を紡《つむ》ぐ。

どこまで目立って大丈夫かチャレンジ中です。そしてソレイユを介抱しながら、視線を水中のモザイクに彷徨わせるファラミア。

「モザイクが気になるのか？」

「はい。水が満ちるまではここまで気を惹かれなかったのですが……」

ああ、執事のは「雪の夜《よ》の精霊、クイン」だっけ？　じゃあファラミアと体を入れ替えようとした、対となる精霊は？

「水の中……水に沈む？」

俺の言葉にピクリと反応するファラミア。

「水に沈むガラス……、いやガラスはないか」

ちょっとイメージに合わない。俺がやった手順で色ガラスを作ると、それぞれ効果がついたんで、黒いガラスも作ればできるかもしれないが、見たことがないし。

「水に沈む黒水晶？」

「……！」

目を見開いて固まるファラミア。

「なるほど、それがファラミアに混じった精霊の本性か」

「ファラミアの？」

ソレイユが聞いてくる。

「姿を変えてる精霊って、本性を言い当てられるとちょっと固まるんだって。黒は黒でも黒水晶の精霊なんだな」

人間を騙《だま》すために姿を変えてる場合がほとんどで、本性を偽る姿は精霊にとっては負担らしいけど。

「私は――」

「ファラミア」

今度はソレイユが愕然《がくぜん》としているファラミアを支えている感じ。仲いいな。

「ファラミアが黒水晶？　では今までは……」

隣で眉をひそめ、考え込むキール。

ずっと黒精霊が混じった、黒精霊とのチェンジリングと思われて、チェンジリングの中でも忌子だったファラミア。

「我が君」

ちょっと、アウロはキラキラした目で見てくるのやめろ。

「このあとはまた契約だろう？　移動しようか」

たまたま当てただけなんで、過剰にキラキラされると落ち着かない。

黒精霊でないのはなんとなくわかっていたけれど、感覚的なものなので、どこがどう違うって言えなかったが、今回はっきりしてよかった。

で、物思いに沈みそうな面々を追い立てて移動。新たな従業員《チェンジリング》との契約が待っているのだ。

で、今回は完成した広間で対面。

「多すぎじゃないか……？」

いやもう、本当に。

新たな従業員と、村人AからGとの契約。中にチェンジリングが3人混じっていて、俺の契約はそっちと。

チェンジリング多すぎじゃないか、俺の島？　比率はこんなものなの？　俺がカヌムの街で気づかないだけか？　街ではあまり出歩かないので自信がない。人口比が不安です。

「不穏分子は排除したあとですが、不都合がございますでしょうか？」

アウロが笑顔で聞いてくる。笑顔、笑顔だけど、あるって答えたら、すぐにこの人たちを島から追い出しそうな気配がなんかこう……。

「いや、別にないけど」

あからさまにホッとした空気が漂う。ちょっとアウロさん、この人たち何か脅してる？

「城勤じゃなければ契約はいらないんじゃ？」

従業員といいつつ、３人は城ではなくって、街暮らし希望なのだ。

「精霊混じりは、精霊の部分につけ込まれることがございますので。先に契約をしておけばある程度防げる上、契約が破棄《はき》されれば何かあったことだけはわかります」

村人――じゃない、街の住人希望者の契約内容は、故意に街に損害を与えないこと。俺に危害を加えないこととか、俺を敬うこととか、他にいくつか項目があったんだけど削った。俺は契約主になるので、ある程度守られるしね。普通でいいです、普通で。

それにしても神々が出てきたのって、金銀とマールゥの時。たまたま眷属の精霊が混じっていたか、もしくはアウロとマールゥは精霊主体か？

後者っぽいな。あんまり変わらないから、どうでもいいけど。

チェンジリングは精霊の姿を映して美形が多い、もしくは漫画みたいに特徴的な姿。後者は人間の姿そのものに精霊が興味を持った場合に顕著で、筋肉隆々は格闘ゲームのキャラみたいだし、いつまでも幼いままだったり――今回の３人は好々爺《こうこうや》２人、ふくよかな女性１人。

街に溶け込むには、美形より馴染みそうではある。ただ、チェンジリングって、執着のない物事には、興味どころか意識を向けることも続かないからちょっと心配。

で、入れ替わりで、今度は普通に顔合わせ。こっちはソレイユが商業ギルドで普通の契約をしてるのだが、警備員さんや城の使用人には、俺の顔を覚えてもらわないと自由にフラフラできない。

「俺が領主のソレイユ。代理もソレイユだし、公の場以外ではニイでいい」

紛らわしいし面倒なのでニイで。

「我が君、仕える者が名を呼ぶことはないかと」

アウロがそっと伝えてくる。

でも、もう島の子供たちとか、おっちゃんおばちゃんには浸透済みだ。諦めてもらおう。

俺がリクエストした職業の方々もいる。待望の家畜番。でももうなんか、ディノッソのところからもらった家畜たちは、俺の山に馴染んで手間もかからないんで、よくなっちゃったんだけど。

一番手間がかかると思ってた豚は森に放しておけばよくて、食肉加工をどうしようと呟いたら、なぜかキノコの場所を教えてくれるようになったし。山羊《やぎ》2頭は草刈り要員だし、鶏から牛まで放し飼いだ。

時々森でそのまま寝てるやつもいるけど、夕方になると家畜小屋に戻ってくる。何より可愛い。

この島の家畜を新しく買おうと思いながら握手。次に鍛冶職人。

「あれ？　ド……地の民？」

紹介されたのが地の民だった。

「おお？　地の民を知っておるか！」

「ああ」

最近3人ほど会いました、暑苦しかったです。

「北の方に住んでいるのかと思っていたんだが」

髭がこの気温で暑そう。

「ワシは寒がりでな、暖を求めて彷徨い、着いたのがここよ。我《われ》らを知る者と会えて嬉しいぞ、久しぶりに故郷を思い出した。ワシは黒鉄の竪穴のワシク」

ワシはワシ……。寒がりなはぐれドワーフ。単体なのに濃い。

「よろしく」

黒鉄の竪穴というと、ガムリの同胞？　聞こうかと思ったけど、なんか長くなりそうな気配がするので黙っておきます。


自分の塔に帰って一息つく。

給与の一部を菓子で希望する従業員が増えた。チェンジリングじゃない、普通の人の中にまで菓子払いの希望が出る始末。希望しない面子にも、ナルアディードの菓子をおやつに出してるはずなんだが……。

ほとんどが俺より年上なのに、配ると児童館とか子供会のお祭りのようなことになるのが微妙な気分だ。

水を引く前からの移住希望者第1陣は、街に住むチェンジリング含めて14家族。まだ建設中の街に関わる、職人さんたちが多いのが実情だ。島はナルアディードより小さいし、ほとんどが白い石灰岩の岩場。あまり島民は増やさない方向ではあるけれど。

移住希望は、基本はナルアディードで募ったそうだ。農民が移住しちゃうと、生かさず殺さずだった納税者を奪うことになる。その点、商業都市で交易の多いあの島は都合がいい。もともと一旗揚げるためにあちこちから来てるし、逆に商売で失敗して外に出ざるを得なくなった人がいたり。

どんなにやり手だろうが、海運は船が沈んだら一発で没落ってこともあるしね。ソレイユと金銀の審査を通った方々です。犯罪者崩れの陸《おか》にいられない船乗りとかはガンガン振るい落としてある。

宿屋とか塩屋とか――主要な商売は第1陣の人にお願いする方向で、街に貢献できそうな能力を持っている人を優先して採ったらしい。

ソレイユは交渉とか色々な手続きとかは沈着冷静に進めるのに、仕事が終わりファラミアや金銀以外の人目がなくなった途端、「無理ぃ～～～っ」と叫んで崩れ落ちるらしい。

あれだ、カーンに時々領主をやってもらおうか。たまに姿を見せて、あとはいるように見せかけて――王様だったし、きっと適任。

この島みたいに、城があって独立してるのは「城主領」って言うのかな？　城がなくって領土だけの小領主とか。城主領とか小領主を自分の下に置いてるのが王様のはず。王領とか直轄領もあるはずだし！　よし、適任、適任。

――俺が領主だって、元の住人にも従業員にもバレてるし、塔も出来上がったら目立つだろうし、あんまり意味ないか。

考えごとをしながら階段を上がり、最上階に出る。ちょっと首を伸ばして下を覗くと、俺の塔に向かって伸びた水路が、壁に当たってじゃばじゃばと水を溢れさせている。

「よっと」

汲み上げるための魔法陣が描かれた管に、魔石をセット。

すぐに管から水が流れ、最上階の細い水路を満たす。水路には管のすぐそばに穴があって、それは台所に続いている。

残りは風呂桶に向かっているのだが、風呂桶に流れ込む前に2つに分かれ、片方は水のまま、片方はヴァンからもらったガラスの欠片《かけら》の上を通り、熱湯に。熱湯の方は流れがゆっくりになるよう、ちょっと水路の幅を広げたりしている。

掛け流しですよ、掛け流し。風呂に流れ込む冷たい水を調節して温度を決める。風呂に流さない余った水は素焼きの水路を通って、風呂から溢れたお湯と合流して排水溝に。お湯のまま海に落とすのは少々気が咎《とが》めたし、ちょうどいい。

まあ、風呂が溢れるまでちょっとかかるし、素焼きの水路から滲み出る水を必要とする植物はこれから植えるんだけど。

そういえばこっちの世界、普通に青い薔薇がある。元の世界だとバイオテクノロジーで作ったんだっけ？　花言葉が「不可能」から「夢叶う」に変わったはず。

花には精霊がよく訪れるせいか、精霊の色を宿して色とりどり。ただ、野生種に近いというか、花が小さかったり一重だったり、形は地味なんだけど。

そういうわけで『食料庫』から引っ張り出して、庭に植えていたバラを株分けして持ってきた。元が食用薔薇なので花びらの色が綺麗で香りのいい種と、こっちの小さいけどたくさん花をつける種、薔薇以外の花も。

塔というと、壁を伝う蔦《つた》のイメージ。藤でも植えようかな。せっせと植えて、一仕事したあとは風呂。青い空の下、海を見ながらのんびり。ナルアディードを目指す帆船が時々通る。あ。望遠鏡があるのか、それは困る。

光と大気の精霊に、階段から風呂周辺は遠い距離からは歪んで見えるようお願いする。これで安心。開放感のある風呂だけど、そこまで大開放する気はない。

ドラゴンが海の上を飛ぶ季節は、エス川の氾濫が終わったあとだって聞いた。まだ姿を見せるのを期待するにはちょっと早い季節だ。でも海と雲と帆船を眺めるだけで、だいぶ癒される。

のんびり風呂に浸かったあとは、塔の中の改装作業。その前に冷えたライム入りの炭酸水を飲んでキュウリを齧る、マヨネーズ味噌でほんのり塩気。

水分と塩気を摂《と》って、作業開始。

風呂の脱衣所にも冷え冷えプレート欲しいな。いやだが、風呂で石のプレートなら岩盤浴の方……？

塔の内部もだいぶできてきた。リフォームしてくれた石工がつけてくれたらしい、小さな換気口には網戸をつけた。いや、戸じゃないけど。

最初は枠を作って、狐の魔物の髭で網を作ったんだけど、太さが違うしイマイチどころかイマサンだったので、蜘蛛《くも》の精霊にお願いして網を張ってもらった。

放射状に伸びた蜘蛛の糸は、蜘蛛自身が歩くためにネバネバしないので、全部それで作ってもらった、虫は入れなくて引っかからない蜘蛛の巣だ。しかもなんか、前にテルミストで買ったレース模様を真似たものもある。

壁や天井に明かりを設置、基本は管理が楽そうな精霊灯だけど、寝室は寝る時に暗くないと困るのでランプ。精霊灯から魔石を抜いて、精霊を追い出すことになるのも嫌だし。

精霊灯には魔石代がかかるけど、カヌムで売るに売れずに溜めてたものがあるので無問題。

それぞれの部屋にソファとベッドフレームを仮置きして、部屋にピッタリ合うように調整。どっちも壁に沿って円を描く変形仕様。

高さはこれくらいか？　白墨で壁に印をつける。ベッドは寝転がってドラゴンを見る予定なので、窓枠とほぼ同じ高さ。掛け布団がはみ出ないように心持ち高くしとこうかな？

一番下の階に入れたソファは背もたれなしで、出入り口などを避けながら塔の壁に半周ほど。窓枠の高さは座面から30センチくらい。窓枠を机代わりにしてコーヒーが取りやすい高さ。

壁が分厚いから出窓――いや出てないけど、ちょっとした棚くらいのスペースになる。背もたれにはクッションのでかいのを置く予定。10メートル以上あるけど海に飛び込めるように、窓とお揃いのデザインのガラス扉もつける予定。

高い崖から海や川の淵に飛び込む映像が時々あるけど、あれだ。特に、田舎の子供たちが川の淵に次々飛び込む映像は、夏の暑い時に気持ちよさそうで、楽しそう。

たぶん、今の俺の身体能力ならいけるはず……っ！　でも海の中に岩が多くて怖い……っ！

——ちょっと舟で行って、海中を調べてからにしよう。

海や川の中は水流が渦巻き、見た目よりも危険な場所が多い。そんな場所に、なんの気負いもなく飛び込む子供たちの映像。子供の間で「安全な場所」が伝わってきたんだろう。それも含めてちょっと羨《うらや》ましかった。

島の周りの海は、三方を陸に囲まれ普段の波は穏やか。だがしかし、この世界には精霊やら魔物がいるわけで、時々すごい嵐が起こり海は渦巻き、5メートルを超える波が立ったりするらしい。エスの方でそれが起こると、こっちの海面が下がったり。

帆船で商売してる人たちは大変だろうけど、安全な場所から荒れる海を見るのも一興。静かな風景も、恐ろしいような風景もいろんなものが見たい。

さて、準備はできたので窓を。

……昼間《いま》やったら、目立って叱られるだろうか。それに俺の塔の真下は舟が通らないはずだが、万一石壁が落下して当たったたら困る。夜にこそこそ作るとしよう。

明日はディーンたちと酒盛りの予定だし、ちょっと料理の仕込みをして、夜に留守にする分、リシュと遊ぼう。

と、その前に。

水路が水で満たされた街の様子を見に、外に出てそぞろ歩く。塔の上から四方に流れ出す水は、空中に浮かんだ水路を行くもの、下まで流れ落ちて太い水路を行くもの、飛沫となって降り注ぐもの。

建物と建物を繋ぐ空間の水路は、ソレイユたちの居館をはじめ、従業員の住む建物へ。もちろん俺の塔へも。

太い水路は城の中庭を通り、石橋を渡って城の広場から街の広場へ流れていくものと、畑の予定地に流れていくもの。

広場に到達した水路は、『精霊の枝』に入るとまた四方に分かれ、路地を流れ、暗渠を流れ、家の中を流れ、やがて海に到達する。

水を流してから少し時間がかかっているというのに、大人も子供も水路に夢中。そっと人の集まる場所を回避して、まだ人の住まない区画の路地をゆく。

さらさらこぽこぽ流れる水の音、滑らかな水の流れ、白い飛沫。石造りの家に、石畳。細い路地に急に現れる階段、そして海。

とてもいい風景だが、少し無機質だな。やっぱり木や花で彩って欲しいし、もう少し生活感が欲しい。まあ、生活感は人が入れば否応なく出るので、むしろ抑え気味でいいかもしれない。

路地にかかる洗濯物ってのもいいけど、パンツとか混じってたらちょっとあれだ。元いた世界のどっかの観光地は、白いものしか干しちゃダメとかやっていた気がするが、そこまで規制するのもなあ。

一通り見て回って満足し、【転移】で『家』に帰る。

リシュとたっぷり遊んで、夜にまた塔へ。

まずは寝室から。仮置きしたベッドフレームを退け、『斬全剣』で白墨の印に沿って壁を縦に切る。4センチくらい開けて、平行してもう1回、2つを繋げる横の2回。

押し出して取れる厚みじゃないけど、それは【収納】して解決。4センチくらいの長い隙間、ここに精霊鉄を流し込む。

金や銀と違って精霊鉄は結構ある。精霊銅も量があるけど、加工がしやすいので精霊灯とか、すでに色々作って使ってる。なんかどれも足りなくなりそうだったので、新たに普通の鉄と銅のインゴットを購入して作業場に積んだのは俺です。

精霊に精霊鉄に変えてもらって、十分な量を用意できた。精霊鉄は俺の願いを入れて、4センチの隙間を埋める。同じ4センチの隙間を順番に作って埋めてゆき、石の支えを作ったところで、今度は上にちょっとずつ。

そうしてできた、窓のフレーム兼壁の支え。壁の縁をぐるっと一周した枠に、80センチ間隔の格子《こうし》。まだ消費しきっていない床の精霊鉄に続いている。

ヴァンに手伝ってもらってできた、アホみたいに頑丈な強化ガラスを【収納】から取り出して、格子の間にぺたっとね。

「よろしくお願いします」

格子が急に硬さをなくして、ガラスの端が鉄の中に沈む。するすると蔦が伸びるように、精霊鉄が四隅と中央の一部に模様を描く。

ファンタジーですよ、ファンタジー。石壁をくり抜きまくって、これで強度は足りてるって言ったらいろんな人が泣く気がするけど、ファンタジーだから仕方ないよね！

これを格子の間分続けて、床の精霊鉄は綺麗になくなった。黒鉄のフレームに収まった美しい嵌め殺しの窓。ん？　嵌め殺し？

「すみません。修正お願いします……」

開け閉めできるように変えてもらいました。

ソファから海を見る部屋の窓と扉、その上の階の、ガラスなしのフレームだけの部屋。ベッドを入れて、ソファを入れて、クッションを入れて。

よし、今夜は徹夜だ！　どんどん完成する部屋にテンションを上げて、頑張った結果。

「おはようございます、我が君」

「荷物を運んできた船頭が夜明け前に駆け込んできたんだが、今度は何をやった？」

扉を叩くノッカーの音に玄関を開けたら、笑顔のアウロと仏頂面のキール。そして死にそうな顔をしているソレイユと、そばに控えるファラミアの４人。

ノッカーは、狼が輪っかを咥えてるやつにしてもらいました。可愛い。こっちの扉は鍵で開け閉めするから、扉にドアノブがついていない。扉に挿した鍵を引っ張って内側から開ける仕組み。ドアノブが欲しいです。

「ああ、窓をつけたからか？」

「窓を？」

怪訝《けげん》そうなアウロ。

「見るか？」

「ぜひ」

間髪入れずにアウロが答える。

「入るの怖いのだけれど」

「大丈夫、大丈夫。だいぶ明るくなったし」

塔に怪談話はつきものだが、動き出す人形なんか仕込んでないぞ。

「なんで明るいと大丈夫なのかわけがわからない上に、不安が増したわ」

「ニイ様、ソレイユ様は幽霊を怖がっているのではなく、塔の実態を知ることを恐れておいでです」

ファラミアがソレイユ語を通訳してくれた、聖獣の鹿ポジションか。

「まずここホールね」

正面にある階段しかない、広い空間。

「精霊灯では驚かない、驚かないけど、見事な細工……」

「ありがとう？」

青い顔をしながら、うっとりするという器用なソレイユ。

「ここだけで一体どのくらいの光の精霊がいるんだ？」

キールが胡散《うさん》臭そうに周囲を見る。

「上と下、どっちから見る？」

「この上はダイニングでしたね」

このアウロの言葉で上から行くことになり、ダイニングを披露。

「まだ家具が揃ってなくてな」

普通です、まだ机そのほかは仮置き。暑苦しいドワーフに会いに行く決心がついたら、家具作りの依頼をするつもりで、ここはあまり手を入れていない。家具に合わせて床と壁を考える。

「よかった、精霊灯以外は普通だわね」

ホッとしたようなソレイユ。

あんまり窓をつけすぎても塔っぽくなくなってしまうし、最初からついてた明かりとりと、通風孔兼用の正方形の穴が海側に3つあるだけだ。

「レースをかけてらっしゃる？」

「ああ、虫除けだ」

「な、な！　ちょっとこんな繊細なものを、海風にさらさないで！」

アウロに答えたら、ソレイユが現物に気がついたらしく叫ぶ。

模様のない部分はほとんど糸が見えず、模様が浮いているように見える見事な造形。逆に華やかで模様がないところがない、みたいなものも。どちらも繊細で美しい。ホールにもあったんだけど。

「それ蜘蛛の巣だぞ」

蜘蛛の精霊に巣をかけてもらったものです。

「は？」

「……」

声を発したのはキールで、なんかソレイユの動きが止まった。

「く、く、蜘蛛」

「ソレイユ様、巣だけで、蜘蛛はいないようです。それに確実に蜘蛛ではないと思います」

ファラミアが確認して伝える、どうやらソレイユは蜘蛛が苦手らしい。

「ああ。そもそも普通の蜘蛛は、どう考えてもこんな巣は作らない」

キールが続けて言う。

「次、行くぞ」

さっさと階段を上がる俺。ソレイユ以外はチェンジリングの特性で、自分の執着していること以外はすぐに興味をなくすため、追及がそんなに厳しくないのだ。

「ああ、でもあのレース、市場に出したら一体幾らに……」

ソレイユは切り替えられない模様だが。いや、商売思考に切り替えたのか？

上は台所、塔は狭いのに設備は全部大きい。なぜならお菓子を大量に作るから。広い作業台、大きな窯《かま》、常時水の流れるシンク。

「珍しい道具もございますが、普通でございますね」

ホッとしているファラミア。

「この白く薄い食器は最近、大陸の北で開発されたものよ。これだけ揃っているのは驚異的だわ」

さすが、金になる新しいものに詳しいソレイユ。

ボウルごと冷やしておける魔法陣を描いた箱、同じく温める箱もあるけど、見た目は箱だし、問題ないようだ。これで、アイスを作ったり、バターを溶かしたりする予定。

大きな窯があるので、冷え冷えプレートは料理の時に立つ床に設置してある。まだここで料理をしてないので稼働してないけど。

「ここは倉庫ね」

その上は、薪や小麦の袋が積み上がった食料関係の倉庫。【収納】があるから、いらないんだけど部屋が余ったんですよ……。

「これより上は寝室と風呂だから省略。次は下だ」

ホールに戻って下へ。

「えええっ」

階段を降りて、部屋が視界に入った途端、ソレイユが声を上げる。

「ここは煙を気にせず食う場所だな」

海を見ながら海鮮バーベキュー会場がコンセプトで、崖にくっついている方はともかく、海に向かう壁はほとんど取っ払ってみた。

鉄骨というか精霊鉄を、壁と上の階の床いっぱいに張り巡らせ、この下の部分にも。あとなんか、この階に限らず、崖の岩と石材が融合してる気がする。

夜中に変なテンションで精霊の手伝いを、やっほ〜っ！　って、全く止めなかったら、気づいたらこうなってました。反省はしていない。

城塞の再建で、業者が入る前に窓を増やそうと、アーチの必要性を理解せずにぶった斬って、壁を何カ所か崩した思い出が遠い。

あれから学習したはずなのに、無駄に――いや、俺が不安に思っているところや、できないけどできたらいいな、と思っているところを特に手伝ってくれてるような気がする。知識を得るのは必要なことだ。

知らなかったら手伝いが得られなくって、壁どころか塔ごと落ちた気がする。

手伝ってくれた精霊にせがまれて、縁《へり》には花や緑を植えられるようにした。船から丸見えなので、植物が育ち始めたら精霊鉄の格子をつけて目隠しも作る予定だが。広くて風通しがよくって、石で組まれたバーベキュー台が真ん中にある場所。あとででっかい海老焼こう、海老。

「どうやって一晩で作ったのかわからないけど、広々としていい場所ね。特に階段が狭かったから気持ちいいわ」

驚いたものの、ソレイユ的にはセーフだった模様。

「いや、これはどうやって支えて……？」

代わりにキールが挙動不審だ。

「我が君は洗練されたものをお作りになる」

アウロがやたら嬉しそうなのはなぜなのか。

「次は作業場」

「……涼しい」

入った途端、呟くファラミア。

「作業してる時に暑いの嫌だもん」

「いや、おかしいだろう？」

キールが突っ込んでくるけど気にしない。

「待って、床」

ソレイユの言葉に反応して、全員が床を見る。

「これはまた美しい」

「……なぜ、継ぎ目がないのでしょう？」

ファラミアが疑問をこぼす。

「1枚板だからな。薄いの張ってあるだけだけど」

土偶からもらった巨木のスライスです。

「どう考えても、家具の表面か楽器に使うものよ！　踏んでいいものじゃないわ！　傷が、傷がっ！」

「あ、そういえばルームシューズあるぞ」

「そういう問題じゃないの！」

まさか作業部屋の床板が、ソレイユの心に刺さるとは思わなかった。

「この棚もあんな上まで……。いつの間に足場を組んだの」

組み立てたのは主に精霊さんです。

「どうやって上の方使うんだ？」

キールは突っ込むのやめてください。

シンプルな棚の並んだ部屋がメインで、作業する地味な小部屋のある階。小部屋の窓も精霊鉄の窓枠を隠すように木枠で覆ってるし、外からはそう変わったところはないはず。でも隠し通路もあるよ！

「はい、はい、次、次」

「流さないで!?」

今さら床板を取り替えられないし、流させて！

「で、ここがダラダラする部屋です」

「美しい」

アウロからシンプルな賞賛。

床板は作業場と同じ1枚板、黒い精霊鉄で描いた蔦に支えられた大きなガラス窓、同じデザインのガラス扉。エスのメタルシェードのペンダントランプと、精霊灯を組み合わせた明かり。石壁側にはタペストリー、クッションは白色雁の羽根入りをたくさん。

「この窓は何がどうなっているの？　ガラスは窓枠にどうやって挟んであるのかしら。しかもこの窓枠は鋳物《いもの》とは思えない繊細さだわ」

ソレイユが顔を窓に10センチの距離に近づけて、しげしげと観察する。

「触ってもいいけど、ガラスに指紋つけたら拭いてね」

掃除が一番面倒なんですよ。

「我が君、これはもしや精霊鉄でございますか？」

「ひっ！」

「うん」

精霊鉄という言葉を聞いて手を引っ込めるソレイユと、頷く俺。

あ、夜は蕾《つぼみ》だったのに蔦の先の花が咲いてる。精霊鉄、芸が細かいな。

「うん、じゃない、うんじゃないわよ！　これだけの精霊鉄一体幾らすると……！　しかもこの細工！　ガラス！　一体どんな職人が、どれほどの年月をかけて！　雑に扱うのやめて!!」

ソレイユが叫びながら泣き出した。

「無理そうなら領主代理を辞めとくか？」

宣言通り島で好き勝手している俺だが、ソレイユ的にはキャパオーバー？

「辞めるわけないでしょう！　私の胃が心配なら、あの蜘蛛の巣をちょうだい！　青く染めて染物の販促に使うわ！」

ソレイユがあんまり泣くので、領主代理を辞退するか聞いたら、なんか要求が来た。

島の住民の現金収入の手段として、青く染色した糸や布の販売を計画している。ソレイユはやる気満々。

商売はナルアディードでだし、島は最初出入り禁止にしようかと思っていたのだが、観光で島に入りたい奴からは高額をぼったくる方向にした。どうせ水路とかで興味を持たれるだろうしね。

その辺はソレイユはうまくて、なんか敵対する商売人同士が、どうしても取引をしなくてはならない時の場所の提供などを持ちかけて、うまくバランスを取っているらしい。まだ解放前だけど、根回しは順調とのこと。

腰痛軽減の佩玉《はいぎょく》を求めた商人2人が、最初の宿泊客になりそうだって。戦乱の続く中原と違い、山脈の南側では武力の争いはほとんどない。

絶対ないとは言い切れないし、力に任せた野盗の類――この場所だと海賊――もいるんで油断はできないけど。ついでに海の上は略奪上等！　みたいな気風だけど、一応ナルアディードから見える範囲は、お互い紳士っぽくが暗黙の了解らしい。

島は、防御面ではお任せください、ってアウロがいい笑顔だったし、キールも悪い笑いを浮かべてた。どうなってるのか、若干不安になる俺の島。

「執務室の窓は覚悟してたけれど、この塔を作った人物を出せと言われるのが目に見えるようだわ」

「流しの石工が作って消えたとか、小人さんが夜なべして作ったとか適当に頼む」

趣味で作っているので仕事にする気はないぞ。

「流しの石工って何⁉」

カッと目を見開くソレイユ。

「執務室の窓は、わざわざそのために壁どころか建物の構造をデザインしたもの。ここはおかしすぎる」

キールが言う。

「気のせい気のせい」

「面倒は全て我らにお任せください、我が君」

「ちょっと、勝手に受けないで！　蜘蛛の巣をもらってからよ！」

ソレイユはなかなか根性があると思います。半泣きだけど。

とりあえず、作り手に聞いてみるということで手を打った。あとで蜘蛛の精霊に頼んでみよう。

3章　迷宮と勇者

今日はカヌムで海老を焼いている。

「俺、川海老よりでけぇの初めて食う」

「私は故郷で食べたかな」

伊勢海老が焼けるのを見ながら、ディーンとクリスが言う。

今日はご飯会なのだ。昨日色々仕込んだんだけど、どうしても海老が食べたくなってですね……。

机の上の鉄板は網に変えて、ホタテ、サザエと肉も焼いている。伊勢海老くんは場所を取るし、時間もかかるので調理用暖炉で。

「さて、食おうか」

メンバーはディーン、クリス、レッツェ、ディノッソ。

アッシュたちとカーンは依頼をこなしている。城塞都市と娼館の話が出そうなんで、執事がアッシュを避難させたとも言う。リードの話も出そうなのでカーンも遠慮。

「おう、乾杯！」

うきうきしながらジョッキを掲げるディーンに、みんなもジョッキを上げる。

とりあえずビールを一気飲みするのがディーンとディノッソ。クリスとレッツェは半分くらいを飲んで、料理をつまみ出す。

「ぷは〜！　やっぱこの酒美味いな。味も好きだが、喉《のど》を通る時の感覚が最高！」

テレビＣＭでは、ディーンの言うそれを喉ごしと言っていた。

「俺はこれも好きだが、この間の透明なやつも好きだな」

「ああ、俺もあれは好きだな」

ディノッソとレッツェが言うのは日本酒のことだ。

日本酒を好いてもらえるのは嬉しい、でも焼肉なら、ビールとかハイボールとか炭酸系な気がする俺だ。完全にイメージに踊らされている自覚はある。

「ジーン、弟のことありがとう。神殿に行って自分の精霊と向き合った時、姿を現したのは、やはりユニコーンではなかったそうだ」

マッチョな馬頭《めず》ですね？

「だいぶショック受けてたみてぇだったけど、ありゃ密かにユニコーンなことが自慢だったんだろうな」

「まあ、正しき騎士らしい姿の精霊だからね。でも馬混じりなら、うまくいけば精霊の道を通れるようになるかもしれないって切り替えてたよ」

「ユニコーンだって馬だろ？　精霊の道って？」

精霊の道というのは、金銀の通ったあれか？

「精霊の道は、時間も距離もこっちとは違う法則だからね、使えるようになれば移動が楽になる。――ユニコーンは、乙女の危機に駆けつける時しか道を開いてくれないんだよ」

ブレないな、ユニコーン！

「精霊の道は精霊界とこっちとの境の、ギリギリ精霊界みたいな場所だ。精霊の助けがあっても人間が入り込むのはかなり珍しい。話に聞くのは大抵チェンジリング、だから妖精の道とも言われる」

ディノッツォが説明してくれる。

「私の弟は、ちょっとでも可能性があればそれを目指すのさ」

ウィンクして笑顔で言うクリス。

馬頭の助けで異界に行くって、それなんかあの世？

「移動といえば、あのことは？」

「ああ」

レッツェが聞き、聞かれたディーンがジョッキを置く。

「何だ？」

「城塞都市に勇者が1人いた」

「え？　誰だ？」

まさかの勇者遭遇！　何しに来たんだ？

「勇者、何しに来たの？」

「アメデオのことを探してるって聞いたから、魔剣だと思うよ」

ああ、そんなものもありましたね。クリスの答えに、ディノッソ経由でアメデオに売りつけた魔剣を思い出す。

「俺は下水の構造を見に来たって聞いたな、城塞都市の高級住宅区は下水を通してんだよ。名前は出てなかったけど、ジーンの考えた配管の図面買ってたってよ」

カヌムが最初だったけど、工事の規模のせいか城塞都市《あっち》の下水が話題で、噂が広がってるんだよな。

物資と人の移動は遅いけど、精霊を介して情報の伝達は早い。てか、日本人3人もいるんだから自分たちで作れるんじゃないのか？　なんで作らないんだろ。勇者が作ったと伝わってくるのが、宝石やらドレスやらなんだが。

「匂いがやばいな。ショウユだったたか」

サザエの壺焼きに手をつけながらレッツェが言う。

サザエの壺焼きは汁が出てきたら醤油《しょうゆ》をじゅっと。焼いていると熱で殻《から》が割れて飛ぶので注意だ。

「俺はこっちだな」

ディノッソが食べているのは、1回サザエの身を取り出して嘴《くちばし》と苦いところを取り、みじん切りにしたニンニクと一緒に殻に戻したもの。オリーブオイルをかけてバターも少々、こっちで馴染みがある味つけで焼いた。

合間に料理を挟みつつ、勇者の話題を続ける。料理は料理で醤油やらバターの香りが漂い始め、手をつけずにはいられない何か。

「問題は勇者がどうやって移動したかだな。聞こえてきた勇者の情報と、城塞都市への移動時間が合わねぇ」

レッツェがサザエを器用に殻から外しながら言う。

俺もそれは気になる。俺の【転移】は、地図に出ている範囲しか行けない。地図に出る場所は、俺の守護と契約精霊の活動範囲。魔法というより精霊がお願いを聞いてくれる感じ、勇者たちが精霊と仲良くなったとは思えない。

だけど、同じ効果を精霊から引き出す魔法があるかもしれない。魔法は呪文やら何やらで精霊を縛って、精霊が望む望まないに関わらず力を引き出す手順だ。

あるいは、カーンの持ってた転送プレート。新しく作るのは無理かもしれないけど、古いものが残っていないとも限らない。プレートはともかく、消耗品のクリスタルが、ほいほい使えるほど残っているとは思えないけれど。

あと1つ、思いつく可能性は精霊の道。

「勇者はどんなのだった？」

「男の方だな。黒髪、黒目、体型は普通、ちょっと背はあるかな？　見かけは爽やかだったな」

ディーンがジョッキに口をつけながら、空を眺めて言葉を選ぶ。

「でも、印象は気持ち悪い。対応は柔らかだったけど、あれは人を物か何かだと思ってる——遠くから見ただけの意見だけどね」

クリスがあとを継ぐ。

「目の下にホクロなかったか？」

焼き上がったホタテに追いバターと醤油をたらり。香りがやばい。

「あったな、こっちの目の下に2つ並んで」

自分の左目の下を指で触れるディーン。

「それ俺のチェンジリング」

「は？」

固まる面々。

「精霊に作られたチェンジリングなら、精霊の道を通ることができても驚かない」

というか、一瞬で移動できてしまう【転移】や転送は怖いので、ぜひ、ある程度時間のかかる精霊の道でお願いします。

「移動方法は置いといて、なんかお前と印象合わなくねぇ？」

硬直から解けたディノッソが、困惑気味に言う。

「ジーン、君の自己評価はおかしくないかい？」

「おかしくないぞ」

俺は、姉の周りの人間は全部まとめて姉の手先だと思って行動してたし。高校に行って、学区の違う奴と校外で少し交流を持ったけど。

俺の広く浅く、誰にも執着せずな人付き合いを、たぶん姉は喜んでいた。いや、それを喜ぶというより、俺が誰かに気を惹かれると、とにかく潰す感じか。

「あっちにいる時は周囲の人間と仲良くしようなんて欠片も思ってなかったしな。姉のイメージからできてるならそんなもんだろ」

「見てくれもだいぶ違ってんぞ？」

「元の世界のものは、全部捨てるか作り直しの二択だった。俺が俺であればよかったし、あっちのものは全部捨てた」

容姿が変わっていれば、もし姉たちとすれ違っても気づかれないだろうし。

「お前、超絶素直な割に過去がひん曲がってるのはなんなの？」

なんだレッツェ、超絶素直って。

「自慢じゃないけど、俺のチェンジリングはタチが悪いと思うぞ。なんにしても勇者と呼ばれる４人とも、関わることはお勧めしない。海老、焼けたぞ」

暖炉から伊勢海老を網ごと取り出し、食卓へ。

手袋をして尻尾をぐりっと。頭から離した尻尾の身の海老味噌がついてるところをがぶっと。ぷりぷりで鼻に抜ける甘さ。伊勢海老だろうが、マヨネーズもつけちゃうもんね。

「あー。面倒だし、アレとお前は別物ってことで対処するわ」

ディーンが考えることを放棄した！　そしてやっぱり肉ばかり食う男。

「変われば変わるものなのだね。それとも君の周りの認識が歪んでたのかな？」

器用に殻を剥くクリス。頭の部分は足のとこを押してへこませ、殻を剥《は》がしている。真似をしてぎゅっと押して、ベリっと殻を外す。なるほど、外しやすい。蟹《かに》はともかく、でかい海老の解体機会なんてほとんどなかったからね。

「――そろそろ赤ペアの実が生った頃だな。予定が合うなら採りに連れてってやる」

「おお？　行く、行く」

レッツェの言葉に飛びつく俺。

ペアは洋梨、普通はあんまり真っ赤にならないんだけど、魔の森に真っ赤になるペアの木が生えているらしい。1回食べたことがあるんだが、美味しかった。

「あ、行くといえば迷宮行く気ねぇ？　手伝って欲しいんだけど」

ディーンが俺とディノッツォを見て言う。

「ランク試験か？」

「ディーンも試験を受けられるようになったし、一緒に行こうかと思っているんだ。今回の勇者騒ぎで、迷宮に張りついていたアメデオたちがようやく移動したからね」

ディノッツォの言葉に答えるクリス。

なんか金ランクには強さも求められて、銀の星が揃ったところで迷宮に突っ込んでくるのが昇格試験の1つらしい。

「迷宮か。行ってみたいけど」

カヌムから行くにはさすがに離れてて、経由が城塞都市なんだよな。

「前から気になってたんだが、お前城塞都市嫌いだよな？」

レッツェが聞くというより確認してくる。なぜばれた！

「え、ジーンが城塞都市に行ったつう話も聞かねぇけど、なんか嫌なことでもあったのか？」

ディーンが驚いてこちらを見る。

「カヌムより食事も美味しいし、なぜだい？」

クリス、俺の基準が飯みたいに言うな！

「娼館とか無理に引っ張ってったりしねぇぞ？」

ディーンが言う。

娼館については、行く気はないけど止める気もない。儲《もう》からないと年季が明けないだろうし、どんどん待遇の悪い娼館に転売されてくんだろうし。

奴隷《どれい》市を見ちゃうと、それよりマシだと思ってしまう。俺、ナルアディードの比較的ましな奴隷市でも無理だったし。特に食肉用の奴隷市は魔の森があるお陰でこの辺にはないけど、存在自体がきっつい。

手出しするつもりはないから、口出しも否定もしないけど。そういうものをなくすためには、安定的な食料資源が足りていないという現実がある。貧富の差より前の段階があるので、そこの奴隷市だけを潰しても解決しない。

「食料の補給もあるし、寄らないってのはキツイ。あ、俺参加ね、子供たち連れてく前に下見してぇし」

ビールを飲み、玉ねぎをひっくり返しながらディノッソが言う。

「おお、やった！」

「ありがとう」

ディノッソの参加表明に、ディーンとクリスが喜色を浮かべる。

「え。強い人ついてっていいの？」

ありなの？　金持ちとか、実力ないのにランク上げ放題じゃないか。

「実力のうちに人脈もあっからいいの」

そう言ってまたビールのおかわりをするディーン。

「参加するランクの人数によって、指定される到達目標の階層が変わるんだよ」

「なるほど」

クリスの説明に納得する俺。

「そうは言うけど、結局迷宮内で合流されたら、誰が手伝ったかなんてギルドにゃ確認しようがないから緩いんだよ」

「それでいいのか、冒険者ギルド」

続くディーンの言葉にまた納得できなくなる俺。

「冒険者は依頼を果たして、無事帰りゃいいんだよ」

究極なこと言い始めたぞ⁉　さては酔っ払いだな？

ディーンは酔い始めると言動が愉快で軽くなる。すぐ酔うけど潰れるまでは長い。クリスは度数の高い酒をゆっくり飲むタイプで、正気の時間は長いけど、ディーンと潰れるタイミングは大体一緒。

ディノッソは酒に強くて、陽気になるくらいで滅多に酔い潰れない。レッツェはディーンとクリスがいると、付き合いよく酔い潰れてることが多いけど、翌日依頼がある時は酒量を制御してる、酔い潰れるのも時と場所を選んでる感じ。

「違う迷宮にするってのもな。ジーンだけ別行するか？」

「うー。一緒に行く」

確認してきたレッツェに答える俺。

出発時期を決めて、あとは普通に食事の続き。分厚い肉も焼けて、ディーンが切り分ける。こっちの肉、2センチ以上なのが普通。日本式と混在させた焼肉、薄い肉は霜降《しもふ》りがしつこくならないし、すぐ焼けるところもいい。

肉が取り出され、空いた場所にデザート代わりにトウモロコシを投入。

「このトウモロコシ、全部に実がついてんだな」

まじまじと観察するレッツェ。

あからさまにこっちと違うものは、そんなにじっくり見ずに口にするけど、似たようで別なものの観察は長い。焼けるの待ってるだけかもしれないけど。

ちょっと邪魔だったので、シシトウをディーンの皿に移す。肉と炭水化物ばっかり食ってないで野菜食え、野菜。

「迷宮行ったらしばらく食えないかと思うと、野菜も美味い気がする」

そう言って俺が皿に投入したシシトウを齧るディーン。

「アッシュたちとカーンも行くかな？」

カーンは都市の移動とか、旅の仕方とか興味持ちそうだけど。こっち来て初めて馬に乗ったって言ってたし。……駱駝《らくだ》ならあるとか言われそうだが。

「頼む予定だけど、カーンの旦那《だんな》はどうかな？」

首を傾げるディーン。

「迷宮に潜っても問題ないくらいに強いのはわかるけど、魔物との戦闘より街の暮らしに興味がありそうだからね。誘っても断られる気がするよ」

肩をすくめるクリス。

「ああ、千年以上前の男だから街の方が色々珍しいんだろ」

「千年かい？」

「お前が言うと冗談に聞こえねぇ」

本当ですよ？

「まあなんだ、毎回ちょっと前の自分を見る気分になるよな」

「ああ。全くだ」

2人の様子を見て、ディノッソとレッツェが言い合う。

「ちょっと待て、その反応……」

ディーンが聞き咎め、ちょっと嫌そうな顔をする。

「諦めろ」

レッツェが言って、ディーンとクリスから目を逸らす。

カーンが千年以上前の男なのは俺の責任じゃないぞ？　見つけた時はすでに千年以上過ごしてたんだからな？

「お前の話はいつも突飛《とっぴ》っつーか、俺の想像の範囲外なんだよ」

「話をよく聞く前に脳が否定するね！　自分がいかに常識人だか思い知るよ」

ディーンとクリスから散々な言われよう。

俺もカーンを拾ってくるとは思わなかったんですよ！

料理を食べて酒を飲み、色々なことを話す。ディノッツォは先に家族が待つ家に帰り、独身男4人が残る。

冒険者は動けるうちに金を貯めるだけ貯めたら、辞めて奥さんもらって隠居するパターンが多い。レッツェも奥さんをもらって小店を任せるつもりでいたみたいだし。

男の冒険者は結構晩婚《ばんこん》。精霊が能力を与えてくれる世界なんで、男女の差がないと見せかけて、出産で命を落とす女性が多すぎる問題のせいで、女性は早めに結婚して冒険者を辞めることが多い。

腕のいい冒険者でも、ディーンみたいにパーっと使って金が貯まらない奴が圧倒的。周りも結婚しないから、まだ遊ぶという思考だろう。

ディノッツォみたいに早く結婚する人もいることはいるけど、命がけの商売なせいか刹那的《せつなてき》な性格が多くて、長く続かないことが多い。レッツェみたいに計画的にコツコツというのは珍しい。堅実な性格ならそもそも普通の商売につく方が圧倒的に多いし。

金のある商家や、金がなくても貴族は早婚。病気や事故で命を落とすことが多い世界だからだ。農家も自分で食うものを確保できるところは、早婚だし子だくさんかな。要するに自分も含めて家族を食わせられるようになったら、とっとと結婚して子供を作り家を残す。

でも独身のままの人もたくさんいる、結婚のプレッシャーがあるのは残すような家や土地がある人たちだけだ。結婚にも税金がかかるし、子供にもかかる。

農家などで独身のまま子供を作る人もいるけど、そういった子供は奴隷同然に扱われることになる。なんというか、人の数に入っていない感じ。

俺はリリスに冒険者がメインではなく、回復薬を作る腕のいい薬師で商人と紹介された。精霊銀とか、命を救ったお礼にもらった系の言い訳用。お陰でいつアッシュとの仲を進めるかの追及が厳しかった……。

夜が更ける頃、ディーンとクリスは支離滅裂なことを言っては2人で納得して笑い合い、俺はそれを呆れて見ながら、レッツェから恋愛話を聞き出そうとして失敗。

「そういうのはディーンから聞け、ディーンから。経験豊富だから」

「ディーンからはすでに聞いたあとだし、毎回おんなじようなパターンで飽きた」

ディーンは酒が入ると自分のことについては隠しごとができなくなるタイプ。

依頼の話になると、どんなに酔ってても正気になるし、しっかりしてるのかしてないのか不思議。なお、クリスの話は詩的で装飾的で長かったので、内容を半分覚えていない。

「いいから飲んどけ」

む、飲み食いさせとけば静かだと思ってるな？　まあそうなんだけど。

男同士の飲み会っていいな。馬鹿話して酔って床に転がる——俺はディーンたちが持ってきたこっちの酒しか飲まないし、【治癒】の効果がうっすら効いているのか、深酔いはしない。でもちょっと一緒に転がってみたり。

あれだな、飲み会の場所は床に座れる方がいいな。座卓と畳――いや、さすがにこの石の家に合わないから厚手の絨毯とクッションか。でも場所が3階の市壁側の部屋しかない。男が5、6人転がるには狭いな。

翌日は二日酔いもなく、朝の日課をこなす。リシュは今日も可愛い。

本日は迷宮に持ってゆく保存食の準備とか、日常の料理に使う調味料の調合とか。そういうわけで、まずは豚の背脂を鍋にかける。ふつふつと脂が滲み出て鍋を液体が満たしてゆく。焦げないように火加減を調整して、放置。

揚げ物用とリエット用にラードを大量に作る。リエットはレバーペーストよりも癖が少なく、ジャムより食べ応えがある保存食。迷宮への出発の2、3日前に作って持ってゆくつもりだ。

でも今日はコロッケ、コロッケ。唐揚げも揚げよう。千切りキャベツたっぷり刻んで、ついでに茗荷も刻んで冷奴。あとは蒸し茄子《なす》を生姜《しょうが》醤油で。

野菜で健康的に見せかけて、コーラでどん！　唐揚げとコロッケは定期的に食いたくなる。サクサク熱々の牛肉コロッケにかぶりついて、ほくほくのジャガイモと牛肉の味を楽しむ。揚げ物と炭酸は罪の味。

海老の頭を【収納】から出して海老油を作り、ネギ油を作り、ラー油を作り——油だけでも色々ある。食材の保存に【収納】は本当に便利。

ご飯のあとは、納屋の1階で果物や畑から収穫した野菜をせっせと仕込み、干し野菜や酢漬けにし、煮詰めて瓶詰めにする作業をする。

この納屋の地下には半分埋まった壺にオリーブオイルを保存している。まだちょっとだけだけど、去年自分で絞ったやつ。

今年はワインもたくさん、ワインビネガーも作る気満々。バルサミコ酢なんて真面目に作ろうとすると10年以上かかるっぽい。気が早いことに大小の樽を用意してある、今年の秋の葡萄が楽しみ。

精霊がちらちら姿を現して、詰めるはずの瓶に先に入り込んだり、大きな桃の匂いを嗅いでうっとりしてたりする。精霊銀みたいに形を変えるとかはないけど、味が1段も2段も上がったり、野菜や果物がもともと持っていた薬効が上がったり。

精霊の出入り自由な納屋で作ったものはちょっと反則かもしれない。でも大量に作るから台所じゃ狭いんで許してもらおう。

自給自足スローライフは結構やることが多いのだ！

さて、本日は天気もいいし約束のペア狩りだ。そもそもカヌムはこの季節、ほとんど雨は降らないんだけどね。

「お前も暑いのに元気だな」

朝っぱらからぐったりしている感じのレッツェ。暑いのは暑いけど、湿気がないから断然過ごしやすく感じる日本人です。

燦々《さんさん》と照りつける日差しに、草原の草も心なしかちょっと白く色が抜けて、くったりしている気がする。カヌムを出て、森に着くまでずっと日陰がない。

「でもさすがに日向にいたいと思わないし、早く森に行こう」

「うむ」

重々しく頷くカーン。

森の知識をつけたいというカーンも一緒に行くことになった。言っちゃなんだがカーンの外見と性格に果物狩りは似合わないと思う。

ティナと双子を誘ったんだけど、子供同士の約束が先にあったみたいで、男3人果物狩りです。森は魔物も出るし、こっちでは大人が行くことが普通なんだけど、どうしてもムサイと思ってしまう。

アッシュはちょっと誘いづらいというか、ディーンのナンパの手口が魔の森の果物狩りだとうっかり聞いてしまったから……っ！

そこまで強い魔物が出るところまで入らず、でも一般人同士ではちょっと危険な場所に2人きり、ゴールはちょっとだけ珍しくってお高めな果物。女の子も銀ランク以上の有望な冒険者ならってことで、ツノウサギを倒した程度でもきゃあきゃあ黄色い声をサービスしてくれるらしい。

これを聞いたあとに女性に声をかけるのは勇気がいる。

「うをうっ、釣れた！」

穴にエクス棒を突っ込んだら、鼻に皺を寄せたツノウサギが棒の先にがっちり噛みついて釣れてきた。

エクス棒を大きく振り上げると、噛みついたままのツノウサギの首が落とされる。いや、落ちたのは体か。

「お前、穴を見たらなんとなくつつくのやめろ」

レッツェに呆れられる俺。

「このノリで千年来の問題を解決されたのかと思うと、微妙な気分になる」

ツノウサギを斬った剣を、鞘に納めながらカーンが言う。

「もう少し警戒心と分別が欲しいところだ」

「コイツ、目を離すと『王の枝』が増えてるからな」

レッツェの返しに微妙な顔をするカーン。

「警戒心はあるぞ、これでもかってほどに。ちゃんと逃亡場所は確保してあるし」

ツノウサギの頭をエクス棒から外して、投げ捨てる。すぐに同じツノウサギたちの餌になるだろう。

胴体は内臓を絞るように腹側へとしごいて、5秒とかからず抜き出す。手足を落とし、毛皮に切れ目を入れてそこからべりっと豪快に剥いで下処理完了。

動物の血液や筋肉は病気じゃない限り無菌だから、新鮮な血液は料理の材料として使えるぐらい臭みがない。血液が臭くなるのはあっという間に微生物に汚染されるから。

一番微生物が増える温度が35度。周囲に川なんかないしウサギは小さいしで、今回は内臓を抜いて体温を下げてしまうのが簡単。草の葉で縛ってエクス棒に吊るす、心臓《ぽんぷ》が動いてないから あんまり血抜きにはならないけど、まあぶら下げとこう。せっかくだから昼に焼く方向。

「早いな」

カーンがちょっと驚いている。

「先生がいいからな」

ウサギの解体はレッツェに手直ししてもらった。

【全料理】に食材の解体方法も付属してるようで、やり方はわかるんだけど、全部書物に載ってるわけじゃないし、文で表しきれないコツみたいなものもある。

知識があって取り出せて使えるけど、自分でやりやすいように調整するのってやっぱり経験が必要だと思った次第。

料理を出す相手の好みもあるし、味の加減も難しい。ディーンは肉好きだけど、最初の肉は塩を多めに、たくさん食べるのでそのあとは控えめに、とか。

【全料理】のお陰で、多数の人が美味しいという味を毎回一律に作れるのだが、俺が食わせたいのはごく少数。その少数の好みに合わせたい。そして日本の料理にも慣れさせたい！　そんな野望もある。

「もう俺より早いし上手いだろ」

レッツェがそう言うが、そこはもう身体能力が反則だから。

森の中は風があって結構涼しい。

「俺の国にあった森とは随分違うが、やはり森があると豊かだな」

黄色い瓜《うり》を齧りながらカーンが言う。王様、行儀悪い。俺も齧ってるけど。

「この瓜はもっと暑くても育つか？」

「さあ？　試しに種を蒔いてみたらどうだ？　大した手間じゃないだろ」

カーンの問いに、肩を軽くすくめてレッツェが答える。

「ああ、場所ができたらそうしよう」

カーンが植えたいだろう場所は、現在砂漠だ。

蒔く場所ができるのはだいぶ先になるだろう。カーンならいつか森も作るし、国も復興させると思うけどね。エス川の流れを元に戻すとかしそうだし。

黄色い瓜は小ぶりで細長く、レッツェが見つけて4つに割って種をナイフで落としてくれた。みずみずしくってうっすら甘く、不思議とちょっと冷たい。今日みたいな暑い日にとてもいい。

瓜というよりメロンに近いのかな？　メロンもウリ科か。俺の知らない食えるものがまだまだあるようだ。

森の歩き方をレッツェに改めて教わりながら、そこそこ奥まで何事もなく辿《たど》り着く。この3人で何かあったら、それはそれでカヌムがピンチな気がしないでもない。

「おお！　洋梨！　桃もある！」

ちょっと足場が悪いところを抜けたら、洋梨の木と、こっちで出回っている扁平《へんぺい》な桃の木があった。あ、丸い桃もある。

山の『家』で生ったやつの方が絶対美味しいけど、森で見つける実ってなんか特別だ。

「不自然ではないか？」

大喜びの俺と違って、眉根を寄せるカーン。

「俺が適当に種を放ってる」

そう言って、包みを取り出して端をつまんで中身を放り出す。飛び出したのは道中で食べた黄色い瓜の種。

「なるほど、豊かなことには理由がある」

納得顔に変わるカーン。

「手入れはしてねぇけどな」

あれか、ここはレッツェの隠し畑か！　実が生るまでに一体何年かかったんだろう？　いや、一番古そうな木はもともと生えてたのかな？　むう、俺も山に瓜を生やしたい。

「あー。いくらか残ってるから、持ってけ。もともと野生のだ、環境がよけりゃ生えるだろ」

俺がばら撒かれた瓜の種を見てたら、包んでた布をレッツェがくれた。張りついた種がちょっと残ってる。

「ありがとう」

あとで何か包んで返そう。

以前レッツェが使ったんだろう、焚き火用の石の囲いをちょっと直して、火を熾《おこ》す。ツノウサギやら遅い昼をセットして、果物狩り開始。

小さい代わりにたわわに実った洋梨。俺の知ってる洋梨よりもずんぐりむっくりしてて、ヘタの方から半分くらいが赤い。あと固い。

下の方は動物が枝を食べてしまったのか、それとも環境のせいか、結構高いところに枝を広げている。カーンが手を伸ばして枝を引き寄せ、実をもぐ。

「その右のやつ！」

「アイアイサー！　ご主人！」

カーンのように高いところに届く背丈はないが、俺にはエクス棒という相棒があるのだ。

「あんま執事が泣くことすんなよ？」

ため息をつきそうな顔をしてレッツェが言う。

「甘いのはやっぱり赤が多いやつ？」

「匂いが濃いやつ」

執事の件についてはスルーして、振り返ってレッツェに聞くと答えが返ってきた。

高いところは匂いが嗅げないので、採る洋梨もエクス棒に任せるしかないか。

レッツェは収穫しつつ、蔓《つる》を払ったり、他の木の枝を落として果樹に陽が当たるように手入れをしている。

「……よく考えるとこれ、ジーンが『王の枝』を2本使って実を取ってんのか？」

レッツェがなんか言ってるけど、とりあえずたくさん収穫してお土産にしよう。

酸っぱいのは承知で、せっかくなんで、1つ2つその場で食べてみる。洋梨は、俺の知ってる洋梨みたいに柔らかいものじゃなく、果肉がしまっていて、でも滑らかな食感。齧ると果汁が口に広がり、香りが鼻腔《びくう》を満たす。

カヌムに出回ってるのは黄色っぽい洋梨なんだけど、この赤いやつは甘みが強くてこのまま食べても美味しい。かといって口に甘さがいつまでも残る感じじゃなくて、たくさん食べられそう。

小さな桃も、扁平な桃も固め。俺の知ってる果物と比べて酸味が強くて甘みが少ないけど、すっきりした味。でもやっぱり加工した方が美味しいかな？

「嬉しそうだな」

「食べ頃が大量だしな」

カーンに笑顔で答える俺。

「……神殿の財宝を手に入れた時より嬉しそうだな」

なんかカーンの話す文節が多くなった！

「諦めろ。ジーンの興味の対象は、旬の食い物、郷土料理、珍しい細工物、棒だ」

「あちこち見て歩くのも好きだぞ」

人の流れに乗って歩いて、観光地を冷やかすのも、人の気配がまるでない辺境の地を見に行くのも、どっちも楽しい。

「……」

カーンは微妙な顔で見てくるのをやめろ。

そんなカーンは果物に興味が薄く、森歩き自体が目的だった。その場で食べる分以外いらないらしい。小桃は酸っぱかったらしく、盛大に顔をしかめてた。

手の届く範囲の果実を適当に採りつつ、レッツェに森の植生のことや、その植物の利用法なんかを聞いている感じ。俺も便乗して学習。

「いや、お前ら真面目に知りたいなら、薬師ギルドで誰か雇えよ。あとジーンは近い」

「レッツェが見つけたやつの方が熟れてるように見える」

コツを教えてください、コツを。

「同じだっつーの」

「貴様は、適切なものを見つけ、適切に用いることに長《た》けているように見受ける」

カーンが言う。

「やっぱり！」

とても納得。さあ、美味しい果物の見分け方を俺に！

「なんでそうなる！　同じだっつーの！」

ぎゅうぎゅうとレッツェにくっついて、同じ視点で実を見ようとする俺にレッツェが抗議の声を上げる。

レッツェの技術を盗もうと頑張ってたらウサギが焦げた。焦げた部分をナイフで落としたウサギ肉と、桃ジャムをつけたパン、チーズにワイン。あとでかいソーセージ、カーンがでかいからな。

桃ジャムはここで採った小桃を刻み、ホーローの小鍋に放り込んでブランデーを少々、色止めのためにレモンを少々、砂糖をがばっと。桃の皮と種を粗い布に入れて放り込む。わざわざこのために小鍋を持ってきたのだ。

「へえ、皮入れるとピンクになるのか」

レッツェが覗き込んでくる。

野外ではともかく、レッツェは家では料理をほとんどしないみたいだけど、知識としては溜め込んでおきたいのかな？　可愛らしい色にしたけど、食うのは全員男だということに唐突に気づいた俺だ。

パンにジャム――そんなに煮込んでないし、ジャムにしては砂糖も少なめなんで桃煮くらいかもしれんけど――をくっつけたのを渡したら、カーンの顔が一瞬こわばった。でもそのまま受け取って食う。あれか、出されたものは好き嫌いの別なく全部食べる系か。王様、難儀だな。

「食えたものではないと思ったが、煮ると美味いな」

口に入れて、ちょっと驚いた顔をしたカーン。やっぱり桃の味というより酸っぱいのがダメなんだな？

果肉を残した桃ジャムはなかなかうまくできた。ブランデーで風味づけしたものの、元の桃の香りがとてもいい。

ちょっと味に癖のあるチーズにジャムを載せてワインをあおるカーン。ワインをちびりとやりながら、ソーセージの焼け具合を確認してひっくり返すレッツェ。

それを見ながら紅茶を飲む俺。いいんだ、パンに合うから。もうちょっとで20歳、こっちの世界の酒だけじゃなくって、『食料庫《もといたせかい》』の酒を大手を振って飲める。

カーンが採った分も俺がもらって、大量の果物を抱えてカヌムに帰還。こっちの果物は生で食うには少し酸っぱいので、砂糖漬けにしたりジャムにしたりするのが普通、なので加工してからお土産としてみんなに配る。

レッツェは生のままあちこちに配るらしい。意中の人がいるのかと思ったら、情報屋さんや職人さん用だって。毎年同じ時期にちょっともらって嬉しい季節のものを贈っとけば、顔繋ぎをマメにできなくても覚えておいてもらえるもんだって。

あ、シヴァには生のままの方が喜ばれるかな？

途中、ウサギ穴を再びつつこうとしてカーンにつまみ上げられたりしながら、カヌムに帰還。そのまま食える洋梨は2つずつ全員に。生から加工しそうなシヴァと執事には桃もお裾分け。

洋梨は樹上では熟してくれず、収穫後10日ほどは4度くらいで保存、その後20度くらいで追熟。【鑑定】結果にこうあるので、冷やす用の箱を作ったことだし、やってみよう。ジューシーで甘くとろけるような食感に変わるらしいぞ？　楽しみ。

別な種類の、生で食えない感じの洋梨も採ってきた。これは洋梨のお酒を作る。外果皮《がいかひ》に天然の酵母がくっついてるので、果汁を絞ったら自然にアルコール発酵《はっこう》が始まる。こっちでよくある酒だ。

桃はジャムとシロップ漬け。せっせと2つに割って種を取る。量が量だし、この作業が一番手間がかかる。【収納】利用で後片づけは劇的に楽だし。

シロップ漬けのシロップは水と白ワイン、砂糖、レモン。果肉の色そのままのとピンクを作る。ピンクにする分はなるべく赤い桃を選んで、皮をつけたままそっと煮る。優しく、慎重に。白っぽいままにする方は、トマトみたいに湯剥きしてから煮る。味は一緒だけど、あとで2色の桃のパイを作るつもりだ。

「よい香りがするな」

「ハラルファ」

急に部屋が一段明るくなったかと思えば、ハラルファがそばに立って覗き込んでいる。

「吸う？」

光と愛と美を司るハラルファは、確か香りを食べ物扱いしてたはず。おっと、猫の腹を吸うハラルファを想像しかけた。

「うむ。ここにいるだけで漂ってくる、何を作っておるのか？」

「桃のシロップ漬け」

「花の香りの方が好みじゃが、たまにはよい」

作業している俺を、空中で足を組んで見下ろしているハラルファ相手に雑談。――これも空気椅子っていうんだろうか？　あと正面に来られると見えそうなんですが、パンツは履《は》いていますか？

「今、島を大改造中なんだけど、勇者ホイホイになりそうで……」

「おや、勇者とは【縁切】しておったじゃろうに」

「してるけど、勇者が好きそうな場所に仕上がりそうだから、ちょっと不安になる」

「そなた、3人——いや、ナミナを入れて4人としか【縁切】をしておるまい？　勇者はナミナからしか守護を受けておらぬし、それも3人に分散しておる。勇者はナミナを超えられず、ナミナが自身の力を超えられぬ時点で心配はいらぬ」

ナミナと言われてもピンと来ないところがあるのだが、俺をこっちに巻き込み召喚した光の玉のことだ。

俺は最初に飛ばされた島で、精霊たちから守護を得た。守護は元いた世界の寿命の代わりに、能力をもらうことで成立する。

仕組みはよくわからんけど、与えられた能力を使うと、守護した精霊が強くなる。俺が能力を使うと、精霊の力を消費してその分が戻る時に、ちょっと成長するようなイメージ。神々が信仰で強い存在になるとかそんな感じ？

光の玉からの守護という話も出たが、直接関わるのが嫌だったので拒否。俺に流れ込む前に、その力はそのまま光の玉自身との【縁切】に使われている。「俺を覚えていられない」「俺を巻き込んだことを思い出すような状況を作らない」というのもつけ加えて。提案してくれた神々には感謝しかない。

通常、もらった能力は与えた精霊には効かないんだけど、俺の場合は光の玉だけにもらってるわけじゃないんで、光の玉とは遠慮なく【縁切】させてもらった。

ハラルファが「自身の力を超えられぬ時点で心配はいらぬ」と言ったのは、光の玉が強くなると【縁切】も強くなるという状態のことだろう。

【縁切】した対象が多くなると、関わる人も増えるので、能力が薄まるらしい。対象そのものにも、周囲の人にも意識誘導をかけている状態になるからだ。俺に関することを覚えていられないとか、無意識に別の話題に移るとか。

俺は勇者と光の玉にしか【縁切】を使っていないし、勇者を守護する光の玉自身が思い込みが激しいせいもあって、よく効いてるって。

光の玉は戦から生まれた精霊で、自身の正義を掲げて突っ走る系だそうで、姉と相性がよさそう。司ってるのは剣技と攻撃魔法、光属性なのに回復系は苦手だそうだ。

「今のところそなたはおろか、そなたの手によるモノも無意識に避ける状態。人の手を経て、他の者たちの気配や執着がつけば別じゃがな」

何か思い出したのか、くつくつと笑うハラルファ。

販売済みで俺の手元から離れたやつとか、真似て他の誰かが作ったやつとか、間に人が入ればいいみたいな感じかな？

「花が咲いたら、そのうち島にも立ち寄らせてもらおう」

そう言って、できたばかりの桃のシロップ漬けをたいらげて、姿を消すハラルファ。……吸う以外もできたんだな。そういえば花についた朝露とかも飲むんだったか。

よし、島でいっぱい作って、委託しまくろう。それはそれで、勇者以外の何かをホイホイしちゃいそうだけど、それはソレイユに丸投げしよう、そうしよう。

あとこのシロップ漬けと果物どうしようかな？　ハラルファ印の品になってる気がするんだけど。

……。まあいいか、配る範囲は決まってるし。

さて、本日はパルに教えてもらった黒い岩棚探し。場所は俺の『家』から南東という、とてもざっくりした説明。

でも俺の『家』から南東って、この半島の中か、海の先しかない。たぶん、パルの言う範囲は俺のもらった地図の中、エスに行く前に出ていた地図の範囲だと思うから。砂漠で精霊に名付けたら、地図が広がったんだよね。

たぶん、取りまくっても大丈夫なところ。ということでエス川の西側にやってきた。砂漠で人が住んでないからな！

で、その辺にいる精霊に黒い岩がないか聞き込み開始。本日は暑いので、フード付きのコートの裏地に冷える魔法陣を装備。快適だけど、魔石の消費が激しい……石に囲まれた塔の中を冷やすより、革1枚の中を冷やすのはとても大変なんですね、わかります。断熱効果に優れた皮も探さないと。冬場の暖炉のダンちゃんも大変そうだったし。

精霊に聞き込みをしながら、ちょっとずつ【転移】を繰り返して到着。

薄い黄土色の砂から顔を出す黒い石。最初はちょっとだけ、だんだん大きな丘のように。そのうち固まった黒い石の方が多くなり、砂は吹き込んできたらしいのが足元にあるだけになった。あれだ、でかい火山がありそうな気配。

軽石化してるのかなんなのか、穴がいっぱい。この岩を砕いてけばいいのかな？

「うをうっ！」

イソギンチャク！

違う、魔物！　岩だと思ってたら、岩に張りついた擬態した魔物だった。たくさんある穴からイソギンチャクみたいなニョロニョロが出てきて、真ん中には牙の生えた丸い口。

慌ててファイアボール。だが少し怯《ひる》んだだけ。あ、こいつニョロニョロ短い。

エクス棒で口を目掛けてゴスッとね。擬態してて、壁に登ってきたトカゲとか捕まえるのかな？　思考能力はなさそうな魔物だ。

注意して見れば、たくさんへばりついている。そしてどうやら火や熱に強い。岩のような硬い外皮《がいひ》があって、風にも強い。頑張れば火でも倒せそうだけど、他も溶かしそう。

人がいないとはいえ、地形を変えるのは最小限にしたいところ。

そういうわけで、エクス棒でちょいちょいとやって、口を開けさせたらニョロニョロを避けてゴスッとやるプレイ。

ニョロニョロは触手でいいのかな？　イソギンチャクみたいにつつくと引っ込むんじゃなくて絡みつこうとしてくるけど、短いのでエクス棒の前では無力だ。エクス棒に触手が絡みつくけど、引き寄せる力が強くても押し出す力は弱いので、そのままゴスッと突っ込むにはなんの問題もない。

イソギンチャクは大体毒持ち。観察すると、こいつも透明に近い細い針を触手から出している。刺胞《しほう》動物の魔物か？　いや、ツノが見当たらないから普通の生物？　どちらにせよ、刺胞動物特有の刺胞に毒液が詰まっていて、刺激を与えられると中の刺糸《しし》がパッと飛び出し、その先端から毒液が出る。

やっぱりこいつも毒があるんだろうな。【探索】を切って、観察し、気配を探る。修業ですよ、修業。でも怖いから【探索】をかけ直して答え合わせ。

ツノが見当たらないと思ってたら、口の牙の一部がツノだった。折りまくっちゃったよ！

トコブシみたいな貝を取るように、倒したあとに岩と魔物の隙間にナイフを入れて、一気にぐりっとやると簡単に取れる。

でもどの部位を持って帰るべきかさっぱりなので、解体はせずに【収納】に放り込む。あとでレッツェに聞いてみよう。

こうして少しずつ進む。どんどん左右の黒い岩壁は高くなってゆく。侵食され風化したのか、もともとこうなのか、複雑に歪んだ谷。

進んだ先は色とりどりの珊瑚っぽいやつと、さらにデカいイソギンチャクの群れ。綺麗だけど触手全開って、臨戦態勢ってことか？

とか思った途端、珊瑚っぽいのがピンク色の丸いものを飛ばしてきた。避けると岩に当たって弾け、中の液体が飛び散って、岩から白煙が上がる。

酸？

確認する間もなく、大量に降り注いでくる。あれです、学習しました。

「風の盾」

俺の周囲を薄い風の膜が覆う。ドーム状のそれは、凄まじい速さで吹く風、守るだけでなく触れるものを弾き飛ばし、あるいは切り刻む。

堅さでは地の盾より劣るらしいけど、便利便利。でもこれ、素材をダメにするから怒られるやつ。

地面にもビッシリなので、さらに魔力を込め、精霊に助力を願う。

俺の少し先の魔物と、ついでに岩が崩れて、つるんとした道ができる。

あれだ、草刈り機？　いや、アイスクリームをスプーンでえぐったみたいだ。ここにいる魔物はその場を動かないみたいで、俺の進んだあとに道ができた。

左右の状態がよさそうな魔物を、ひっぺがして【収納】。あ、ひっぺがさなくても倒したあとなら【収納】できた。

ところで岩棚って、どの辺を持ってけばいいのかな？　とりあえずここは、魔物とはいえ綺麗なんで避けようか。

そういうわけで後半は戦闘をサボり、でも行く手を塞ぐ魔物は倒し、よさげな岩棚を探す。

何カ所か当たりをつけて、魔法で砕いては【収納】。全体的に成分は変わらないんだろうけど、気分です。

丘の2つ3つ分くらいは手に入れて、帰還。

貸家の1階には、レッツェとカーン。ディーンとクリスはお仕事中。城塞都市で散財したから、涼むのも兼ねて泊まりがけで森の奥の魔物を狩っているらしい。しばらくは3日留守にして、戻って2日のんびりという生活をするらしい
桃のシロップ漬けを届けがてら、さっそくレッツェに解体方法と使える部位を聞きに来た。

「いや、お前、どこ行ってきたんだ？　見たことねぇよ！」

「ええっ!?」

レッツェに知らないことがあるなんて。

「これはリビルの谷の魔物か？」

見ていたカーンが聞いてくる。

「場所の名前は知らないけど、エス川より西」

「リビルだな。黒い岩の地だろう？」

「そう」

「お前、別の大陸かよ。俺が知るわけないだろうが」

レッツェが言う。なんでも知ってると思ったのに、知らないこともあるようだ。

「俺の国があった頃よりさらに昔、噴火でできた土地だな。大昔は海底だったと伝わっている。そいつは海の魔物の名残だ。そいつらがいるさらに奥に棲む、陸珊瑚の魔物の魔石は王家の婚礼に使われる」

「へぇ」

どうやらカーンの方の守備範囲だった模様。

「で、これの解体は？」

珊瑚の方は見た目から、珊瑚として扱っていいかな〜って。謎なのはイソギンチャク！

「知らん。毒がよく暗殺に使われるくらいだな」

王様、知識が偏ってる。

「この殻は見たことねぇが、イソギンチャクの亜種か？　だったら毒と刺糸が高値で売れる」

分厚い革の手袋をして、出したものをひっくり返したり観察していたレッツェが言う。

「やっぱり毒利用？」

「毒としても使えるが、薬と金属の染色の触媒になる――イソギンチャクと同じだったらだが。刺糸はイボやできものの治療に重宝される」

おおお！

「解体は？　どうやるんだ？」

「空き瓶2つあるか？」

レッツェに聞かれて、【収納】から出して差し出す。

「油と塩、水がいる――」

取りに行くためか、腰を浮かせたレッツェの前にそれらも出す。

「便利だな」

座り直したレッツェが、片方の瓶を塩水で満たし、もう片方に油を5ミリほど注ぐ。

イソギンチャクの触手の中にある楕円形の刺胞を取り出して、刺胞の中からちょろっと出てきた透明な、5センチほどの刺糸をそっとつまみ、塩水の中へ落とす。

刺糸は名前の通り針を先につけた糸みたいなやつなんだけど、塩水につけたら真っ直ぐになった。ちょっと面白い。

今度は刺糸を取り出した穴から、毒液を油の入った瓶へ落とす。毒は油に沈み、しばらくすると綺麗に層を作った。

「ん。本に書いてあったイソギンチャクと一緒だったな、ちゃんと真っ直ぐに伸びた」

刺糸の入った瓶を目の高さに持ち上げて眺めながら言うレッツェ。

本物のイソギンチャクは小さいし、さらに刺糸は目に見えないほど。こんなにでかいのは魔物だからだ。

「おお」

「喜んでるとこ悪いが、解体方法は一緒でも、効能まで一緒とは限らねぇからな？」

レッツェに釘を刺される。

「検証を薬師ギルドに依頼だな。効能が違ったら、何かに利用できるか、さらに実験することになる」

「なるほど。薬師に依頼するのか」

自分で回復薬を作るようになってから、寄りついてなかった。

「毒や薬の利用は慎重に見定めてもらわねぇと困るしな」

確かに。

「今の時代は【鑑定】持ちはおらんのか？」

カーンが聞いてくる。いますよ、ここに。

「一度知識を仕入れたものの鑑定ならできる奴がいるな。あとは火属性のもん特化とか。俺が聞いた限り、条件なしで全部鑑定できたってのは、風の時代の勇者の1人が最後だ」

「この時代は精霊の加護が随分弱くなったようだな」

「今は精霊同士が眷属で固まって、縄張りにしてる場所や人以外に、力をあまり貸さねぇんだと。逆に1つの属性についちゃ、突出してるのもいるよ」

「なるほど、【鑑定】は1つの属性でなく総合か」

「そりゃ、いろんなものを——静かだと思ったら、すげぇ顔してるな」

レッツェの言葉にサッと視線を逸らす俺。

「……【鑑定】持ってんのか？　野良勇者」

ジト目で俺を見てくるレッツェ。

「持っていれば人に聞く必要はなかろう？」

杯を口に運びながら、カーンがレッツェに言う。

「……」

カーンに言われても、無言で俺を見てるレッツェ。

「……森の毒キノコがわかって便利だな、って」

レッツェのジト目に負けて答える俺。

「食うもの以外に使うの忘れてたんだな？」

「はい」

ちょっとイソギンチャクに使ってみたら、食材ほどじゃないにしても鑑定結果が出る。

そういえばキンカ草も何に効くかは出たんだよな、作り方は出なかったけど。薬師ギルドで薬の調合を覚えたあとは、鑑定結果もその分詳細になった。

「魔物の鑑定を優先せんのか？　命に関わるだろうに」

カーンが呆れた顔をする。

【鑑定】が欲しいと思った時は、食材の見分けが命に関わってたんだからしょうがない。あの時、キノコの見分けがついてれば、もう少し栄養が摂れたし、他に食えるものがあったかもしれない。切実だったんですよ！

「ほれ、答え合わせ」

気を取り直したレッツェがつついてくる。

「毒の方は、毒とその解毒薬、金属を黒く染めて錆止《さびど》めする触媒。刺糸は毒針、医療用の針。殻は土を富ませる」

【鑑定】をかけて頭に浮かぶ結果を口にする。

――殻は土を富ませる？

「……」

あれ？

「なんか腑《ふ》に落ちねぇ顔してるが、海のイソギンチャクと一緒だな。触媒は鍛冶屋や彫金屋《ちょうきん》で使うんだろうけど、毒のまんまじゃ売れねえ。販売先は薬師ギルドだな。毒を扱うなら、ついでに解毒薬の作り方を教えてもらっとけ」

「はい」

素直に頷く俺。

毒を扱ってて自分でうっかり触っちゃったり口に入れたら、普通は解毒薬がないと困る。俺は【治癒】があるけど、1回学習したら作り方も鑑定結果に上がってくるようになるっぽいし、やっておこう。

俺が持っている能力は、【魔法の才能】【武芸の才能】【生産の才能】【治癒】【全料理】【収

納】【転移】【探索】【鑑定】【精神耐性】【言語】【解放】【縁切】【勇者殺し】。

【勇者殺し】は使ったことがないけど、能力まるっと守護してくれた神々全員と、周囲の精霊の助力がある。それぞれ得意不得意があるものの、全員だ。

以前存在した神々の眷属も普通に手を貸してくれてる。なので眷属間で縄張りがあると聞いて妙な感じ。眷属関係なく契約してるしな。

もしかしたら【解放】が効いてるんだろうか？

「殻の使い方はわかんねぇな。埋めりゃいいだけなら、その魔物がいる場所が緑に埋もれててもおかしかねぇだろうし」

「いや、確かリビルの谷は雨が降らん。環境のせいかもしれんぞ」

首を傾げるレッツェにカーンが言う。

「むう。あとで調べてみる、ありがとう」

パルに会えればいいけど、図書館に駆け込もう。

「わかったら教えてくれ。お目にかかることは一生ない気もするが、情報だけ入れときたい。いらねぇかと思ったイソギンチャクも役に立ったしな」

笑うレッツェ。

勤勉だし、知識も豊富だし応用が利く。そしてそれを秘匿《ひとく》もせずに惜しげもなく教えてくれる。遮熱《しゃねつ》素材で丈夫な皮が手に入ったら、レッツェには作業用の手袋を送ろう。

「あ、これ桃のサワークリームチーズケーキ」

今はないので、とりあえず本日のお礼はこちらで。

机の上を片づけて、ケーキを出す。上に載っている桃のシロップ漬けは酒を多めにしたもの。

「ほう？」

ひとくち口にして感心したような声を上げるカーン。

「冷たいな？」

「ちょっと冷やしてみた」

「まあ、どうやったかは聞かないでおく。外に出すなよ？」

「はい、はい」

釘を刺すのを忘れないレッツェ。

2人とも美味しそうで何よりです。

「そういえばその桃、美肌と美尻効果つきになったんで、冷たくなくても基本的にお外に出せない」

「ぶっ！」

俺の発言に噴き出すレッツェ、固まるカーン。

「なんでそんな……」

「作ってる間中、美を司る精霊がずっと匂い嗅いでた」

「意味がわからん」

嫌そうなレッツェに答えたら、カーンが切り捨ててきた。

「お前、そんな効果があるもんを俺とカーンに食わせて楽しいか？　アッシュにやれよ」

「桃のシロップ漬けは全部それになっちゃって、全員に配っても余るんだ」

「持ってきた瓶詰めもかよ！」

あーもー！　みたいな感じになってるレッツェ。

「大丈夫だ、男性は男性的美尻で、桃尻じゃない」

笑顔で伝える俺。

「そういうお前は食ってないよな!?」

絶賛視線を逸らす俺。

「結果を見てから、食うか食わないか決めたいなって。ちなみに桃ジャムは美胸と美髪」

美味しそうなのにちょっと手が出ないんですよ！

「お前は～！」

「大丈夫、常用しなければ効果は一時的だって……っ！」

ほっぺたを引っ張るのはやめてください。

「本当、つやつや。鞣《なめ》し革のような肌のくせに、しっとりしてるわ」

「ベイリス」

カーンの方は、褐色《かっしょく》幼女といちゃつき始めたぞ!?

いつの間にか姿を現したベイリスが、楽しそうにカーンの首筋から鎖骨《さこつ》、二の腕をさわさわと。カーンも一度名前を呼んだだけで止める気配はない。どんと構えた王様スタイル。

「対抗は諦めろ」

レッツェの方を見たら軽くいなされた。俺に足りないのは貫禄《かんろく》だろうか？

「せめてディーン、現実的なのはクリスだろ」

筋肉！　筋肉と身長の話か！　おのれっ！

「美尻の報告お願いします」

「うふふふ。お風呂の時にね」

楽しそうに笑うベイリスと、苦虫を噛み潰したようなカーン。

「お前、精霊の使い方おかしいだろう」

眉間に皺を寄せたまま言うカーン。

「洋梨と桃を採るのに『王の枝』を使ってる時点で、ずれてることに気づいた方がいいぞ」

諦めたようなレッツェ。

「大丈夫なのか、こいつ？」

今度はレッツェに聞くカーン。

「危なげしかねぇけど、力技で世の中渡ってる感じだな」

レッツェの評に反論できない何か。

生産で調子に乗って爆発させて、【治癒】発動したり、色々してるからな。もうちょっと慎重に実験しないと。

心当たりがありすぎて視線を彷徨わせる。

「ディーンも心配して、ジーンが大雑把《おおざっぱ》に力技で済ませないよう俺に振ったんだよ。自分じゃ、絶対引きずられるからって。——俺もだいぶ引きずられてるがな」

「心配されてたのか……」

ディーンに出会った頃は、かなりの塩対応をしてた気がするのに。

「色々やらかすのにウサギ肉の焼き加減しか見てねぇ新人がいる、ってのが紹介だったぞ？」

おのれ、ディーン！！！

「ウサギ肉……。まるで成長してないではないか！」

「この間焦がしたのは、ちょっと果物狩りに夢中だったからで、今はちゃんと美味しく焼ける！」

最初に失敗したのも、他に気になることがあったからだし！

「ジーン、そっちじゃない」

レッツェがそう言ってゆっくり頭を振る。

「これが俺の主人か……」

カーンがなんか微妙な顔をして、俺を見てくる。

「男なら剣で身を立て、一国を興そうという気概はないのか？」

「『快適に、のびのび、自由に』が座右の銘だ」

あと、一国はもう興してるけど、やらかし現場なので黙っとく。

後日、ベイリスから、キュッと締まっていい尻だったと要らない報告を受けた。いや、報告を頼んだの俺だけど。

桃ジャムは帰ってきたディーンとクリスが面白がって食べて、胸板でシャツを破ってみたり、髪の毛サラサラになったり、まつ毛がカールしてみたりしたらしい。

なお、レッツェは尻がどうなったかは謎だが、お肌はツヤツヤでした。

次の日は、夜明け前のうっすら明るい時間から散歩。太陽が顔を見せる頃になると、リシュにはもう暑いみたいだから。山の散歩コースも、涼しさを求めて上に登ることが多くなった。

山の中にはブルーベリー、桑の木、スモモ、そのほか野生の果物——例の瓜の種も蒔いた。

蒔いたといっても、泥団子の中に種を入れて、環境がよさげなところに投げただけだけどね。

これだけでも、種が鳥に啄《ついば》まれることなく、無事に発芽する可能性が高くなる。

そんなことを思っていたら、雉《きじ》がいた。茂みに隠れているつもりなのか、全く動かない。肉は飼育されてるやつとか、魔物化したやつで足りてるから獲《と》る気はないけど。

畑はインゲン豆がどんどん生って、油断するとキュウリがあっという間に大きくなる季節。トマト、鷹の爪、丸いペペロンチーノ、赤いものもたくさん。ジャガイモの収穫時期でもある。

ナルアディードで売りつけたジャガイモどうなったかな？　市場に出回ってカヌムでも買えるようになった頃に、新しい種類というか、『食料庫』のジャガイモと交配した第2世代を売りつけようと思っている。

せっせと収穫して【収納】する。毎朝収穫しても、夕方には小さかった実がでかくなってたりするんで油断ができない。リシュは木陰の冷え冷えプレートに待機。

日が昇って、少し暑くなってきたところで朝食。リシュの隣に座って、小川に冷やしておいたキュウリをバリッとね。

本日は粽《ちまき》。具材は海鮮と豚の角煮の2種類。竹の皮で包んだら見分けがつかなくなったけど、これはどっちかな？

　タレに染まって薄茶色い餅米の真ん中に、存在を主張する海老、アサリ、綺麗な黄緑色の枝豆。ふっくらもちっと炊いた餅米は、アサリの出汁も効いていていい感じ。豚の角煮の方は、餅米にほんのり生姜が香る。

　合間にキュウリを齧りつつ、堪能。

「あ、パル、イシュ。食べる？」

「ああ、いただこうかね」

「いただく」

　姿を現したパルにそのままのキュウリ、イシュには塩を振って渡す。

　パルはこの土地で育った野菜ならば味がするし、イシュもここの水で育った野菜ならば味がするのだそうだ。イシュは特にキュウリがお気に入りだ。

　キュウリは97％が水なんだっけ？　トマトも好きだというし、たぶん大根も好きだろう。塩を飲まれるのは心臓に悪いので、好きなものが増えるのはいいことだ。

「爽やかでよい、よい」

　嬉しそうなパル。キュウリは爽やかなんだろうか？　そういえばヨーロッパでは、香水になるほど香りが好かれてたな。

喜ばれると、支柱を立てても油断をすると地を這ったり、他の蔓に絡み出すキュウリと戦ってよかったと思う。来年は支柱だけじゃなく、ネットも張ろうと心に決めたところだ。

「ここのキュウリは美味しい。他の土地で見かけたが、中が白っぽくて水分が不足しているようだった」

イシュがそう漏らす。

それは、品種改良を進めて『食料庫』産のキュウリと交配させているから。そしてこの畑で育てた野菜は、キュウリに限らず一段、味が濃い。

ただ、青臭かったり土臭かったりが混じるので、そういった苗は除いて種を保存している。そうやって選んでゆくと、お手伝いしてくれる精霊も、どの野菜でどんな味が好まれるか覚えてくれる。

次はよりよいものを！　だ。

「そういえばパル、前に教えてもらった黒い岩棚ってこれで合ってる？　それともこっち？」

【収納】から、黒い岩を砕いたものと、陸イソギンチャクの殻を出して見せる俺。図書館に調べに行く前に会えた。

「ああ、両方さね。その黒い土の20倍に殻1つの割合で混ぜてお使いよ。その殻は水をかければ簡単に崩れるからね」

「ありがとう、やってみる」

イシュにも改めて水の礼を言って、作業を再開する。２人が来てくれると、畑も果樹園も作物の出来や交配がうまくいくようで嬉しい。

ヴァン、ハラルファやミシュトは自分の興味を持ったものに、パルとイシュ、カダルは、緩く、でも広範囲に影響を与えるっぽい？　ルゥーディルは滅多に来ないけど、興味を持ったものに、かな？

たぶん意識的というか、性格なんだろうけど。

それにしてもなんか途中、リシュが俺の膝に顔を乗せてきたのを見て、２人とも急に黙ったのだがなんだろう？

昼を回って、一番暑い時間帯に終了。カラッとしててもやっぱりジリジリと焼かれるしね。熱中症は、ひどいと肝臓が茹だってタンパク質が変性する、危険危険。

で、カヌムに行って、屋根裏の冷え冷えプレートの箱にいた大福に指を突っ込んで迷惑がられ、アッシュのところへ。桃ジャム、桃シロップ漬けを届け、最後にディノッソ家。

お子様たちにバレないよう、留守を狙ってそっと。

「こちら人体実験が済んでおります」

シヴァに差し出すシロップ漬けとジャム。

「あらあら、まぁ！」

「1日スプーン1杯、ひと口が効果的」

深夜番組の美容サプリみたいな案内をしてみる俺。

「こら、うちの奥さんに変なもん渡すんじゃねぇよ！」

「大丈夫。アッシュにも渡してきたし、スプーン1杯なら大改造にはならないから。オイシイヨ」

ディノッツォが騒ぐが、人体実験は済んでいる。味も保証された。

「大改造ってなんだ、大改造って！」

「大丈夫よ、あなた。ディーンとレッツェから効果は聞いているから。しっとりもちもちですってよ」

にこにこしているシヴァ。ディーンだけじゃなく、レッツェからも裏を取っているのがさすがだ。俺には教えてくれなかったのに！

——アッシュに桃ジャムを1瓶余計に贈ったのは内緒だ。

さあ、ディノッツォ！　このシヴァから桃シロップとジャムを取り上げてみるがいい！

勝ち誇った笑いを残して退散する俺。嘘です。ディノッツォが、シヴァの胸は今の方が手に納まっていいとか、惚気《のろけ》だかなんだかわからんことを訴え始めて、空気がピンクになってきたので撤退しました。仲良し夫婦め！

どうするんだろ？　形状変えずなら1日ひと舐めとかだろうか……。

アッシュのところも、執事に生温かい笑顔を送られて早々に退散する羽目になったし、予定より早く配り終えてしまった。

さて、パルに確認したところで、島に土を入れることにする。迷宮に行く前に、ある程度植物を植えておきたいところ。

迷宮に出発するのは、薬師ギルドから毎年恒例という、レッツェの採取依頼が終わってから。ディノッツォも、明日くらいまでなんか依頼中だったかな？

人目につかない夕闇の中、島を歩く。ふんふんしながら、「畑と森の予定地」という名の荒地に、粉砕した黒い岩を撒く。水をかけて粉にした殻少々を時々混入。

土留めの石垣が新たに必要になりそうなところもあるな。ここではあんまり雨降らないけど、精霊が荒れ狂う嵐がたまにあるみたいなので、念のため作ってもらおう。

黒い岩を出しては魔法で粉砕し、チェックしつつあちこち歩き回る。島には、海風、熱風、涼風、日差し、水路の飛沫、小さな精霊たちがちらちら姿を見せている。

やはり水を通すと結構集まってくるようだ。花と木々が島に溢れれば、もっと増えるだろう。俺の契約した精霊は、俺がいれば結構寄ってくるんだけど、普段は気ままに散っている。居心地がよければ、その精霊たちも島に留まるんじゃないかな。

さて、終了。あとはうちの庭師さんがなんとかしてくれるはず……！

いかん、ホコリだらけだ。風呂に入ろう——せっかくだから、塔の風呂に入ってくか。

塔のホールに【転移】して、階段を上がる。ホールは【転移】用に部屋も作らず、階段のみだ。

あえて明かりはつけず、暗い中、服を脱いで風呂に浸かる。視界の先は海と星。聞こえるのは自分の立てる音のほか、風と波の音、水路を流れる水の音。崖に張りついた植物の茂みに虫がいるのか、波の合間に時々小さな虫の声。

日本にいる時は、オリオン座、北斗七星、カシオペアくらいしか知らなかったけど、こっちの星座はちょっと勉強している。ロマンチックな理由ではなく、なんとか座の手がなんとか山にかかる季節、とかそういう表現があるので必要に迫られた。

こちらにも北極星的なものが存在する。ぴったり地軸の延長上とはいかず、1日で小さく円を描く、白くひときわ明るい星だ。小さな青い添え星を持つ。

覚えてしまえば、晴れた夜に見失った方向を探すのは簡単だ。まあ、山や木々で隠れてるパ

ターンもあるけど。

だいぶ解放的な気分に浸ったところで、『家』に帰って夕食。精霊への名付けを少々と、リシュとたくさん遊ぶ。

遊びが終わったあとは、暑くなって床に腹をつけてぺたんとしたリシュにブラッシング。最近ブラシに冷え冷え魔法陣をつけたら、だいぶ気持ちがいいらしくご機嫌。毛並みも当初とは比べ物にならないくらいツヤツヤだ。

夜にブラッシングをしていると、部屋の暗がりに時々ルゥーディルが湧いてて、全力で見ないふりをしている今日この頃。白皙《はくせき》の面と艶やかな黒髪の美貌の無駄遣い。最初はちょっと怖かったんだが、慣れた。


翌日、畑は早々に切り上げて島へ。とりあえず塔の台所で菓子作り。長持ちするものを大量に作りたいので、ペクチンゼリーを作ることにする。

フルーツのピューレをペクチンで固めたゼリー。つるんとしたゼリーではなく、グミみたいな硬さのあれだ。

とりあえずラズベリーのペーストに、水飴を加えて火にかける。沸騰《ふっとう》したらペクチンとグラニュー糖を合わせたものを少しずつ掻き混ぜながら加え、溶かす。ラズベリーのいい匂い。

匂いに惹かれてか、綺麗な色に惹かれてか、精霊たちが鍋を覗き込む。楽しそうで何よりだが、見慣れるまでは熱そうに見えて、ちょっとドキドキした。

途中、鍋肌についたものが焦げないように気をつけつつ、何度かに分けてグラニュー糖を入れ、酸味を足して固める。あっという間に固まってしまうので、浅くて平らな器に急いで流し込む。

鍋いっぱいにくつくつと煮ては流し込むこと4度。種類は、『家』の山で採れたラズベリーとカシス、果樹園のオレンジ、ついでに始末に困った桃を混入。

固まったゼリーを適当な賽《さい》の目に切って、グラニュー糖をまぶして出来上がり。せっせと瓶詰めにして作業終了。嬉しそうに一緒に詰まってる精霊がいるけど、コルク栓の上から抜けれるはずなので気にしない。ゼリー系は大量に作りやすくていいね！

しょっぱいものは、夏らしくトウモロコシを用意してポップコーン。本当は揚げ餅を作りたいところだけど——山の畑でせっせと収穫して、材料確保しないとな。そのうち揚げ餅用に餅をついて、カラカラに乾燥させたやつ作っとこう。

菓子の瓶と袋が入った箱を抱えて本館へ。途中、どこからともなくアウロが現れて、荷物を持ってくれた。

休憩室に設置にゆく間にも従業員がぞろぞろついてくる事態だったが、仕事に戻れとアウロが笑顔で伝えると、それぞれの職場に戻っていった。大丈夫なのか、うちの従業員？　ちょっと不安。

無事設置し終えると、アウロが鍵束を取り出す。選び出されたのは、どうやら菓子をしまった戸棚の鍵。

「鍵なんかかけるのか？」

「気をつけねばむさぼり尽くし、休憩時間を超えますので」

いつの間にか菓子の戸棚は、決められた時間のみ開くことになったらしい。開けるのはアウロとファラミアの役目で、それぞれ鍵を持っているという。

キールもアウロと同じ役職にいるはずなんだけど、鍵を持たされていない理由は残念ながら容易に想像できる。

顔はいいんだけどな、うちの従業員。仕事もできるし。精霊混じりって、かくも業《ごう》が深いのか。——格好よく言ってみたけど、単に食い意地張ってるだけだな。

次に向かうのは、勤勉に働いているソレイユの執務室。アウロがノックして扉を開けると、目の前には大きなガラス窓を背に、重厚な執務机に向かうソレイユ。そのソレイユに書類を渡しているキール。

「お前……っ！　今日は何を持ってきた!?　すぐ食わないと味が落ちるだろう！　そうだろ

う!?」

目が合った途端、キールが必死。

ソレイユと、部屋の端に控えているファラミアが呆れた視線をキールに向ける。

うん。鍵は持たせられないな。

「菓子の管理はアウロたちに任せたので、交渉はそっちにどうぞ。——植樹と畑の話になるから、チャールズ呼んで、地図出してくれるか？」

キールのことは流れるようにアウロに押しつける。

ぐぬぐぬしながらキールがチャールズを呼ぶために部屋から出てゆき、ファラミアが島の地図を執務机に広げる。結構大きく、机のほとんどを覆う。

「畑の話は、土が悪くて止まっていたはずよね？　解決したの？」

ファラミアが文鎮《ぶんちん》で地図を押さえるのを見ながら、ソレイユが聞いてくる。

「した、した」

「わかったわ、そこそこの財力を持つ一般人にもできる解決方法なら教えてちょうだい。それ以外はいいわ」

ソレイユがいいと言うのでスルーします。

「何か植えて欲しい花とか木はあるか？」

女性であるソレイユとファラミアに意見を聞いてみる。

「藍染めの青を島のカラーとして、青い花はどうかしら？」

好きな花を聞いたつもりが島の戦略が返ってきた。

「式典の開催時などは、城や街に紋章《もんしょう》入りの旗や、簡易な青い布を飾ることになります。旗を目立たせる他の色か、島ごと青くするかになりますね」

アウロの言葉で浮かんだのは、濃い藍染めの太鼓暖簾《たいこのれん》。島のイメージカラーはもう少し明るい青だけど。

一気に頭の中が江戸時代なんだが。ああでも、あれももともと日除けのためか。この島は日差しがキツいから、利用するのは間違ってない。

軒下から地面近くまである大きな布を、垂直か斜めに張った暖簾は、風に吹かれて太鼓みたいに音が立つから、太鼓暖簾。

藍染めに屋号や家紋を白く染め抜くの、格好いいよな。こっちは刺繍で表現するのが一般的だけど。

「島民も好きな花を植えたり飾ったりしたいだろうし、青が多めくらいでいいんじゃないか？」

江戸時代を頭から追い払い、ドイツのロマンティック街道と入れ替える。

石畳の道、漆喰の白壁と焦げ茶の柱——いや、ロマンティック街道も違う、この島の多くは石造りの家だった。石造りの家、ブラックアイアンの窓飾り、家の窓辺を飾る花々。

「貴族や大商人の邸宅ならばともかく、花を植えるスペースがあれば野菜や果物を植えるわよ」

ソレイユが言う。

いかん。脳内の街の窓辺、花からニンジンに替わったあげく、洗濯物が干され始めた。

「窓辺は鉢を置けるようにしてあるし、玄関脇は何か植えられるように石畳を開けてあるんだが……」

俺の中の街のイメージが大変なことに。

窓辺からこぼれ落ちた実生《みしょう》の大根が、石畳を割って生え始めた。

「こちらで何種類か苗を用意して、配布いたしましょうか？　水路のお陰でナルアディードより随分涼しく、選択肢が多い。葡萄、藤、薔薇……レモンなどを植える予定もありますし、色を無理に揃える必要はございますまい」

チャールズが入室しながらにこやかに言う。

「任せる」

とりあえず窓辺にバジル程度で勘弁してください。

そのあとは、やがて森になる木々を植える相談と、畑のこと。

「ジャガイモとかトマト、茄子なんか植えたいんだけど」

あと、キュウリとか大根とかメロンとか。あ、マンゴーとサトウキビも苗があるな。

「全部毒だろ、それ」

キール。

「毒草園でしょうか？」

アウロ。

「ジャガイモは最近、注目されつつあるのよ。保存が利くし、地下に実るから鳥害に合わない上、戦地で踏み荒らされても無事。踏まれて収穫が減少する麦に代わるものとして、売り込んでるわ。毒の問題は解決したそうよ。でも寒冷地では育ちがよくないから、思うように広がらないようね」

ソレイユが説明してくれる。

「ジャガイモの噂は僕も。芽を欠いて、緑に変色した部分を除けば問題ないと」

毒の噂があると、売れるものも売れないので商人が頑張って広めている様子。

回復薬は言うに及ばず、普通の薬さえ手に入らない人が大半を占める。怪しい民間療法もあるしね。そもそもの栄養状態が悪く、抵抗力が低い。

慣れてるのか、普段は細菌やばい菌にやたら強いけどね……。一度体調を崩すと一気に来る。この世界は、腹を下したりするだけでも命取りの大事に至るのだ。

「ジャガイモは陽に当てると緑が広がるから、保存は冷暗所にね。茄子もトマトも毒の心配がないやつだから安心しろ——そうだ、試食してみるか？」

「はい、我が君」

アウロが笑顔で答える。

「え、即答⁉」

キールが大袈裟に引きつっている。

ジャガイモのニョッキの作り置きが【収納】にあるし、茄子とズッキーニ、パンチェッタで、トマトソースのニョッキにしよう。モッツァレラも入れて。

「じゃあ手が空くなら30分後に塔に」

「はい」

アウロは即答。

「わかったわ」

ソレイユが了承し、ファラミアに目を向けると腰を沈める礼で答えてくる。

「僕も興味があります」

「はい、はい」

チャールズも参加、と。

「……参加する」

壮絶な仏頂面のキール。

俺に毒を盛られるのがそんなに怖いのか、野菜が嫌いなのかどっちだ。

塔の台所は『家』と同じく水が流れっぱなし。そしてこの島の水は12〜13度ほど。周囲が暑いので水が気持ちいい。この水が縦横に走っているお陰で、街中はナルアディードに比べてとても涼しい。

ジャガイモのニョッキ、トマトソースのほかに、味に馴染みがありそうなチーズと生クリームのソースも作ろう。食事時間とズレてるし、他はいいかな？

白ワインを1杯だけ——いや、白葡萄ジュースにしとくか。ジャガイモのニョッキはもう作ってあったものだし、そんなに時間をかけずに料理が完成。

『家』の畑の交配種だから素材的に味はすると思うけど、温めたりする時に、意識的に精霊にお願いして寄ってきてもらった。

畑で作って欲しいものの候補で、マンゴーとサトウキビを出しとくか。チェンジリングたちには味がしないだろうけど、ソレイユ向けだ。

「お邪魔いたします」

笑顔のアウロ。

「どうぞ」

「ここで食べるの勇気がいるのだけど。もし汚したらって思うとプレッシャーが」

落ち着かずにそわそわしているソレイユ。

「この部屋は家具はまだ仮のものだし、別に汚そうが何しようがいいぞ？」

「ううう」

高い家具や床に、トラウマか何かあるんだろうか？

「なんというか、精霊灯を初めて見ました」

チャールズ。水を流してる塔についてるぞ。

「とりあえず適当に座ってくれ」

テーブルに料理を並べながら言う。皿はパスツールで作ってもらった真っ白な磁器、カトラリーはナルアディードで俺が趣味全開で買い揃えたやつ。

「磁器を使うのね……。まだナルアディードに入る数も少ないのに」

ソレイユは本当に新しいことに詳しいな。

「高価で美しい」

ファラミアが珍しくうっとり眺めている。

「よい匂いですね」

心なしかうきうきしているアウロ。

「……」

対照的に、絞首刑台《こうしゅけいだい》にでも登るような顔をしているキール。

「予告通りジャガイモのニョッキな。味は2種類」

茄子とズッキーニ、パンチェッタ、モッツァレラでトマトソースのニョッキ。チーズと生クリームソースのニョッキ。

「白い方には好みで黒胡椒をどうぞ」

『家』にあるものを参考にペッパーミルは作った！　すり鉢でごりごりやるの面倒だし、やっぱり自分で料理にかけるのがいい。まだまだ改良が必要な感じだけど、とりあえずは使える。

『家』はトイレと風呂が突出して反則だけれど、他も俺の記憶とこっちにあるものとのすり合わせの結果、中のものも含めて近世初めくらいの機能にはなっている。ものを作るのに、いいお手本が並んでいる感じ。

「黒胡椒はだいぶ広がってきているわね。でもまだ普通の暮らしをする人々には、高くて手が出ない。もっと効率的な輸送手段はないかしらね」

ソレイユが嘆息《たんそく》する。

輸送のための漕《こ》ぎ手もそうだけど、胡椒とかの香辛料って、なんか奴隷のイメージがあるんだよな俺。広がるのはいいけど、産地のことを考えてしまう。

「どうやって開けるんだ？」

「開けない、こうやって回すんだ」

眉間に皺を寄せたキールに、自分の皿にガリガリやって見せる俺。

「便利ね。それに挽きたては匂いが際立つわ」

キールに渡すつもりだったミルをソレイユが受け取って、嬉しそうにガリガリ。

「見たことがないのだけど、どこで手に入れたのかしら？」

俺の方を見ながらファラミアにミルを手渡す。

「作った」

「……これも売っていいかしら？　あまり多方面に手を出す余裕はないので、製造委託という方向で」

「いいけど、まだ改良がいると思うぞ」

「これで十分だと思うけれど……」

ソレイユはなんでも商売に繋げようとする。いいけど。

「……。キール、それ辛《から》くならないか？」

キールが真面目な顔でガリガリやってて、白いソースが黒くなってる。声をかけたらはっとして皿を見て固まった。もしかして、楽しかったのか？

「これがジャガイモ……。赤いものがトマトですよね？　ズッキーニ、――茄子はこれかな？」

チャールズが皿の中のものを検分している。

「大変美味しかったです、我が君」

ニコニコと笑いながら口をハンカチで拭《ぬぐ》うアウロ、早いよ！　いつの間に食い終えた!?

「アウロ、お前らしくもない。警戒心をどこかに忘れてきたのか……っ」

キールが驚愕している。そしてキールには微妙に言われたくない気がする。

「……素晴らしい。菓子よりこちらの方が――」

トマトソースの方を食べたチャールズが、皿を凝視《ぎょうし》したまま声を漏らす。

「やはり菓子を作ってらしたのは、領主様ですのね？」

「な、何い!?」

ファラミアの言葉に驚くキール。

「え、気づいてなかったのか？」

そっちの方が驚きなんだが。全員少なからずびっくりしているので、キール以外はわかっていた模様。

「これを作っただと……!?」

いや、そんなにブルブルしながら見られても困るんだが。

「味がするのは、作り手より、素材の問題だな。この島にも精霊が増えそうだし、畑で作った野菜ならば味がすると思うぞ」

「すぐ作りましょう、我が君」

「ああ、頼む――」

って、アウロかと思ったらチャールズだった。なんか増えた!? アウロは微笑を浮かべながらなんか頷いている。

「えー。これも作って欲しいんだが、これは味はないな」

そう言いながらソレイユにマンゴーをダイスに切ったものと、10センチくらいのサトウキビの載った皿を渡す。

皿に集まる視線。いや、だから、ソレイユ以外には味がしないやつだからな?

「このオレンジ色のものは甘い、とろけるようだわ。こっちはサトウキビね? 一度だけ食べたことがあるけど、砂糖の材料よね。でも、全部作るには島では広さが足りないんじゃないかしら」

マンゴーにうっとりした顔をしつつも、冷静なソレイユ。

「そのまま売り出すのではなくて、レストランで扱ったらどうかと思って。ある程度増えたら、苗を扱う商会に売って広めたい。あ、マンゴーとサトウキビは暑いところでないとダメだし、その2つは趣味ね」

俺の『家』ではちょっと気温が足りない。温室はガラスが鉄壁の遮熱だったお陰で頓挫《とんざ》している。

「なるほど、味を知って、買ってもらうのね。チャールズ、畑に関わる人選まで任せていいかしら」

「ええ、もちろん。それら2つに気温が必要なら、水路から少し離れた南側ですね。トマトと茄子、ジャガイモはどのような条件でしょうか？」

それぞれの野菜の説明をして、打ち合わせる。まずは高級な方の宿で、客を選んで料理を出す。

最初の客はナルアディードの金持ち――商業ギルドの上層部とか、大商会の頭取を招待する予定なので、それに間に合うと嬉しいんだが。間に合わなかったらで、『家』から持ってくるけど。

「菓子が……菓子を作っていたのが……」

なんでそんなに信じられないんだろ、キールはいい加減現実に帰ってきて欲しい。

普段の菓子争奪戦の様子から、畑を塀で囲って鍵をつける提案が真面目な顔で出された。大丈夫なんだろうか、従業員。

畑のほかに、水車の稼働状況、糸を染め始めたこと、住人の二次募集——水路に水を流したあとは応募がどっと来たので終了し、審査中ということ。兵を雇ったこと。騎士については、チェンジリングと同じく直接雇用して欲しいこと。

「兵の配置を終えたら、二次募集者の移住を開始するわ。もし騎士が来たら、そちらは直接雇用でお願い」

「え、面倒なんだが」

「騎士は主を選ぶのよ。平和が続くこの周辺では建前だけれど、騎士には建前が大切なの」

兵士はともかく、騎士は仕えるべき主がどうとかこうとかなので、こっちが有名でない限りそうそう来ることはないらしい。

中原のように年がら年中争っているところは武功が立てやすいから別だけど、こっちは仕官してもお飾りやただの揉めごと処理くらいしかやることがないので、野望——じゃない、正義に燃える騎士からすると微妙なのだそうだ。

戦争がなければ領地も増えないから、土地が下賜されることは絶対ないし、騎士としての名声も上げる機会がない。大金を積まれて招かれた、って自慢するくらい？

「どこにも仕官できなくって、食い詰めた騎士崩れの冒険者が来る可能性が高いわね。体裁を整えるのに、押し出しがいいのを2人か3人雇ってもいいと思うわ」

「防衛は兵を鍛えるのが基本でよろしいかと」

ソレイユの話をアウロが補足する。

「いいけど、人柄第一で考慮してくれ」

話を聞いて、クリスの弟のリードを思い出した、元気にしてるかな？　あの進むのが面倒な湿地帯に向かっているんだろうか。

「もう1つ、『精霊の枝』が完成したわ。枝を設置しようと思うのだけど、台座の聖句は何がいいかしら？」

「なんか快適？　4センチボディ？」

「受け答えの意味がわからん」

ソレイユに答えたら、キールに切り捨てられた。

「……作ってもらうのは金枝《きんし》がいいかしら銀枝がいいかしら？」

「作ってもらう？」

なんだ？　今度は俺の方が意味がわからない。

「本物の精霊の枝を入手するのは難しいですから。細工師に金か銀で作ってもらい、設置します。験担《げんかつ》ぎのようなものですね」

「なるほど、偽物を飾って験担ぎするのか」

一瞬、エクス棒かカーンのことを知っているのかと思った。

「希望があれば、神殿で神官に聖別の儀式をお願いするわよ？」

ソレイユが聞いてくる。

「いや、いい。偽物で験担ぎっていうなら、魔物が寄ってきてもいいんだな？」

神々を信じるのと宗教を信じること、指導者を信じることは、3つとも別のことだと思っている。人の意思が絶対混入するからね。

それにこっちの世界だったら、精霊に直で頼んだ方が絶対いい。

「魔物が寄ってきていいってわけじゃないが……。というか、魔物避けどころかなんの効果もないだろ」

キールが呆れた感じで言ってくる。

「普通は聖別の儀式をお願いした神殿に、魔物避けの魔法陣も頼むの。ここはナルアディードの枝とドラゴンの影響で、今は平和ね。ただ、精霊より人が増えれば、魔物避けは絶対いるわ」

黒精霊は人の黒い感情が大好きで、人の感情から生まれることもある。もちろん黒さとは逆の感情からも生まれるし、普通はごく「細かいの」なのですぐ消えてしまうけど、人が集まるとどうしても溜まりやすいし、強い感情から強い精霊が生まれることもある。

「ま、普通の精霊が多ければ逃げ出すだろうし、そっちはまた考える。枝は俺が用意する」

「そうね、関わる神殿は慎重に選ばないと」

ソレイユが答える。その様子から、神殿ってやっぱり面倒なんだ、という感想を抱く。

魔物避けが効きすぎて、カーンが来られなくなるのも困る。カヌムで大丈夫だから、白シャヒラと黒シャヒラで相殺《そうさい》なのかもしれんけど。

魔物避けがいらないなら、エクス棒の枝でも問題ないな。台座に刻む聖句は「なんか快適」で正しいような気がするけど、ちょっと整えて「快適な生活」とかだろうか。——婦人雑誌かなんかのあおり文句みたいだな。

打ち合わせ後は、またぶつぶつ言い始めたキールを持ち帰ってもらって解散。そんなに俺が菓子を作ってたのが納得いかん感じなんだろうか？　もしかして可愛い女の子が作ってるとでも思ってたのか？

あとチャールズがアウロ化したんだが、あれはどうしたらいいんだろう……。

畑の野菜を許可なく持ち出した場合はうんと苦くするように、そっと精霊に頼んだ。たぶん塀で囲むより効果があるだろう、盗っても美味しくないからね。

ついでに、俺の所有するものを許可なく島外に持ち出したら、容赦ないいたずら三昧《ざんまい》もお願いした。なんか張り切ってたから持ち出した人は愉快なことになりそうだ。

許可を出す人間は俺とソレイユとアウロ、野菜に関してはチャールズあたりもだろうか。俺はともかく、精霊に俺以外の見分けがつくように何か考えよう。

指輪型の印鑑というか印章でいいかな、精霊にわかればいいから小さいやつで。チェーンを通して首にかけてもいいし。

精霊に見分けがつけばいいんだけど、一応大きさと意匠をちょっと変えるか。扉の鍵と連動させようかな？

印章は結構広まっているというか、識字率が高くないので、こちらでは必須な感じ。サインの代わりに自分のマークを押す感じなのだ。自分の似顔絵を印章にしてる人もいるくらい。そりゃ、紋章官がいるわけだよな。

それに、街におしゃれな看板が多いんだが、あれは字が読めなくても、見れば何屋だかわかるようになってるんだなって。

許可系統は、あとでまたソレイユに相談だな。あ、頼まれてた蜘蛛の巣を忘れてた、いくつか作ってもらおう。

療養所《りょうようじょ》の職員も決まった、風呂屋も決まった。他も大体心当たりがあるらしい、あとは学問所の先生か。

子供が少ないから専属は1人でいいんだけど。読み書きと、買い物で騙されない程度の計算、ついでに掃除の習慣がつけば。

衛生面の教育をしたいんだけど、まず教える先生がいるのかどうか。あとは時々、交代で兵士に剣の稽古《けいこ》をお願いする人とかかな。

島の防衛は、天然の岩礁《がんしょう》と精霊頼みのほかにも考えないとダメかな？　カーンに兵士をがんがんに鍛えてもらえばいいだろうか……。

◆◇◆◇◆

北の大地に来ている。とても涼しい気候に暑苦しいドワーフ――いや、地の民。

「よく来たな！　歓迎しようぞ、兄弟！」

おい、勝手に兄弟にされたぞ？　暑っ苦しく背中を叩かれる。たぶん、背丈が同じくらいだったら肩を抱かれていたんだろうけど、地の民は頭2つ分背が低い。重心が安定してる、がっしり体型。

黒鉄の竪穴のガムリさんちにお邪魔してます。迷宮にゆく前に、家具の依頼をしに来たのだ。

黒鉄の竪穴の地の民はみんな黒髪黒髭、女性も容赦なく黒髭。最初見分けがつかなかったよ……っ！

「島のソレイユは髭は生やさないのか？」

「街の人間は髭のよさがわからんのだ」

がはがは笑いながら会話をするガムリと仲間の髭。俺が答える前に笑いながらあちこちから大声がかかる。

生えないいんだよ！　伸ばす気はないけど、じょりじょりしてみたいんだよ！　カダルが混じってたら生えたんだろうか。変なところで作られた体なんだなーと。

頑張って会話に混ざらないと、予想外のことをやらされる。腕相撲は勝ちました。

黒鉄の竪穴はその名の通り、良質な鉄が採れる。坑道と天然の洞窟を通路で繋ぎ、そのまま住居にしている。石壁は錆びた鉄が含まれるのか、オレンジ色。暖炉や蝋燭の炎に照らされ、暖かな穴蔵の雰囲気を作っている。

通路は狭く、天井も低い。だが、小さな穴蔵のような部屋が続いたかと思うと、いきなり天井が目視できないほど高く、広い部屋に出たりする。

洞窟を気ままに繋いで掘って利用しているので、部屋は決まった形がないようだ。家具は木製だったり、石でできていたり。

ダンっと木のジョッキを叩きつけるように机に置く。がさつな行動のせいか、どっしりした家具のくせに、手先の器用さを発揮して厚さや幅に少しのズレもない。手慰みに彫ったのか、繊細な模様がついていることも。

模様や紋章は、本当に適当に気まぐれに彫っているっぽくって、壁や床にもある。

「じゃあ、この図面の部屋に合うように、ベッドフレームと椅子、ダイニングテーブル、サイドボード、ティーテーブル――まあ一式頼む。あ、この部屋は、ここからここまで壁をぐるっと椅子で」

塔の各階の図面を渡し、要望を伝える。ほぼ丸投げなんだけどね。

「おお？　図面じゃここは窓らしいが、こんなにでかい開口部をつけられたのか？」

ジョッキを傾けながら、図面をチェックするガムリ。よくこの適当図面でわかるな。

「ああ。そこは精霊鉄の支えがあってな」

「む、精霊鉄か。街の人間には珍しいのではなかったか？」

左手にジョッキ、右手に羽根をむしった羽根ペンを持って、器用に飲みながら図面に書き入れてゆく。

北の大地の中でも、地の民が住む場所には、地の精霊や鉄の精霊、石の精霊など多くの精霊が住まう。当然、多くはないが精霊鉄が採れる。

「そうらしいけどな。あ、この階の床は、ここの巨木の輪切りを磨《みが》いて敷いてある」

「なんと、あの緑の女神の巨木を……っ！」

周囲がざわつく。

俺と打ち合わせをしているのはガムリだが、依頼の家具を作るのに、他の集落の人たちも含め腕のいい職人を集めてくれている。黒鉄の竪穴の連中は、木工より金属加工が得意なんだってさ。

ただ、道具を作るために、いろんな集落の職人が来ては滞在してゆく場所にもなっているみたい。質のいい鉄を自分で採掘し、工房にこもって自分で作る。あるいは黒鉄の竪穴の職人に依頼する。自然と集落同士での話し合いも大体ここで行われる。

「扉も作っちゃダメか？」

「いいけど？」

「おう！　鉄飾り作るぞ！」

「鍵の細工は任せろ！」

「蝶番《ちょうつがい》！」

いいと答えたら、周囲から声が上がって騒がしくなる。木工以外の職人も参加したかったようです。

緑の女神の巨木を1つ材料として進呈することにしたら、木を扱う職人はやる気満々。盛り上がっている木を扱う職人の面々に、金属を扱う職人が羨ましそうに、祝辞を送っている。

地の民の職人にとって、一級の素材を扱うことは喜び。それが緑の女神の巨木と来れば、金を払ってでも……っ！　となるらしい。

ちょっぴり寂しそうな金属を扱う職人に、精霊金と精霊銀などを提供する俺。

建具職人がどうしても現場を見たいというので、代表者を何人かご案内。別人のように無口になって、テキパキとあちこち測り出す。

いきなりの訪問に驚いたのか、塔に住むトカゲの精霊がそっと覗きに来た。俺は放っておかれてたので、トカゲに話し相手になってもらって作業を眺める。

家具は精霊鉄の窓枠に合うデザインにしてくれるようだ。台所の流しの上に皿を収める棚や、鍋を吊るすところなんかも作ってくれるみたい。作りつけの家具がどうやら増える。

金は作っている間の食い物や、燃料の代金くらいでいいと言われたが、ちゃんと支払う。地の民の仕事の値段はあってないみたいなもの、気に入らない仕事は受けないし、気に入った仕事なら是が非でもになるらしい。

ただ、自分たちでなんでも作ってしまうので、金を使う機会は素材を買うか、食料——特に酒——を買うくらいしかないらしい。なのでウイスキーを樽で置いてきた。

地の民はビールが好きなようなんだが、飲んでいるのは日本のビールとは違ってアルコール度数が40近いやつ。あいにく、日本の酒の度数は法律で決められてててですね……。そういう度数の高いビールも作るかな。

地の民たちは網戸代わりの蜘蛛の巣、巨木の床、精霊灯、窓の格子に大興奮。

【転移】で連れてきたんだけど、細工物が目に入った途端、そっちに全振りみたいな何か。ちょっとチェンジリングっぽい思考だ。精霊灯そのものには興味津々で絶賛されたが、デザインはダメ出しされた。

【生産の才能】だからな……、やっぱり経験を積んで、ついでにセンスもないと、ダメなところがどうしても出てくる。

あちこち測って、あーでもないこーでもないと騒がしい。島にいる寒がりの地の民を呼びたい気もするが、この塔から出ないことを条件に連れてきているし、やめておこう。

本人たちにどこだかわからないままなら、誰かに何か聞かれても平気だろう。窓から海が見えるし、暑いから南だってのはわかるだろうけど。なんか起こったことをありのまま受け止めて、こまけぇことはいんだよ！　みたいな種族だ。

あんまり派手にならないようにと頼んで、北の大地に送り返して終了。騒がしいし、動き回るし、なんかこう、祭りに放り込まれて揉みくちゃにされた気分。疲れたけど、どこか晴れ晴れとした気分だ。

さて、他にやっとくことはあるかな？　あ、枝か。

「エクス棒」

「なんだい、ご主人？」

背中からエクス棒を抜いて呼びかけると、20センチくらいの棒がにゅっと伸びてエクス棒が顔を出す。

「ちょっと枝くれんか？」

「おうよ！」

返事と共に、エクス棒の下半身（？）を包む細い枝の1本が、にゅーんと伸びてパキリと折れる。

俺の手の中に落ちる間も姿を変えて、現れたのは直径4センチで長さ10センチくらい、真ん中よりちょっと上の左右から枝が2本出て、色の濃い節が2つ——なんというか、とても埴輪《はにわ》っぽい。踊る人々と言われるあののっぺり、いや、シンプルな埴輪に似ている。

どうしようこれ。飾ったら叱られる気がする。

「ご主人、オレの枝どう？　やっぱ飾られちゃったりするの？」

「ああ。なんというか個性的だな」

あかん、エクス棒が期待でキラキラしてる。

「カーンからももらう予定だから、一緒にな」

「おう！」

ちょっと逃げた俺を許せ。

――そしてカーンからもらったのは、繊細に枝分かれした白銀と黒鉄色の淡く輝く枝。おのれ、でかいくせに繊細な枝を寄越しやがって！　もっとぶっとい何かだったら、埴輪が隠れるのに！　どうするんだこれ、どう飾っても絶対埴輪が浮く！

せめて馬の埴輪だったら……っ！　いやもうそれ枝じゃない、しっかり俺！

『精霊の枝』にそっと忍び込む。よし、人の気配はない。台座はもうできてるのかな？

島の『精霊の枝』は、扉を開けると、回廊に囲まれた庭に出る。素掘り、もしくは石積み護岸の細い水路がいくつも走る。

小川っぽくするのかな？　勢いが強く、飛沫を上げる場所、緩やかに流れて波を立てない場所。チャールズが植えたんだろうと思われる、まだ頼りない苗があちこちに。育てばきっと美しい庭園になる。

で、その庭の奥に建物があって、部屋がいくつか。大きな『精霊の枝』には常駐する神官がいて、人に憑いたいたずら者の精霊を落としたりする。一応、ここも誰かが住んで管理できるように、部屋を作ったようだ。

中央の庭から入る壁がない部屋には美しい水盆《すいぼん》が置かれ、花が浮かべられている。精霊が増えると水が売れるようになるわけだが、この島だとその辺の水路の水でも一緒のような気が。一番効果がありそうなのは、水源の塔の部屋に溜まってる水だ。

流れてゆくうちに水に混ざった精霊の細かいのは簡単に消え、残るのも寄り集まって飛沫の精霊とかになり水の効果がなくなる。だからなるべく、精霊がたくさん水に浸かっている場所から汲むに越したことはない。

この水盆の部屋の突き当たりに大きな扉があって、鍵がかかっている。鍵は持っているし、1人では開けないような重い扉だが、俺は1人でも問題ない。

そっと開いて中に滑り込む。祭りの時とかにはいっぱいに開いて、台座に飾られた枝を見られるデザインかな。

部屋は、レリーフが見事で、天井から薄布が垂らされ、正面の壁の真ん中には深い青地に紋章の描かれた、どっしりとした重たそうな布。そしてその前に問題の台座。

真っ白な石でできた、繊細な彫刻で飾られた美しいものだが、その上に載るものが主役なので、主張しすぎるほどではない。この部屋とも調和し、雰囲気を高めている。

なんでこんなに頑張っちゃったのかな？　飾るつもりだったのは偽物の枝だろうに。やっぱりどう飾っても、埴輪が主役になるぞこれ。もう諦めてシンプルに行こう。

埴輪を中央に、左右にカーンからもらった枝を、白と黒を後ろで少し絡めるように飾る。

あれだ、白と黒を従えて最強に――

「うをっ！」

ちょっとこの埴輪、目が光った⁉　いや、目じゃなくって節だけど！

夜な夜な踊り出したらどうしよう。というか、やっぱりこの空間に埴輪はインパクトが強すぎる。

……まあいい、飾ったあとの管理はソレイユに任せよう。なんだったら配置を変えてもらってもいい。変えたところで埴輪の主張は消えないだろうけど。

そっと部屋の扉を閉める。

自分で設置しておきながら、見ないふりをしようとする俺。いつ設置に気づくだろう？　気づく前に精霊を呼び寄せる効果を発揮してくれれば、きっと諦めてくれる。

ソレイユは見た目じゃなくって実を取る女性だと信じてる！

外伝1　ジャングルの精霊

あれだ。いい加減、靴底をなんとかしよう。

こちらの靴は、サンダル、木靴、革の袋みたいな靴、寒いところでは鞣し革を重ねた靴。そしてなぜか貴族階級は先が尖《とが》って長い靴。細く尖った足は、労働をしない階級の証《あかし》で上品だって思われてるみたいだ。トランプの道化師みたいなあれなんで、俺から見ると微妙なんだけど。

そしてナルアディードでは「ヒール」という名の、木製上げ底高下駄《げた》がモテアイテム。

まあ、お腹が大きいのが裕福な証ってことで、腹にクッションを詰めるファッションが流行《はや》ってる場所もあるし、美的センスの問題は深く考えないことにしている。

それよりも靴底の材料だ。ゴムはまだないので、木製か皮の貼り合わせが主流なんだけど、石畳を歩くにも森の中を歩くにも不便！

特に石畳の家の中で、足にダイレクトアタックな感じで衝撃が来るのはいただけない。木の床もあるけど、石畳の床や、土を突き固めただけの床も多い。イラクサやイグサを刈り取って床に敷いていている家が普通で、衝撃吸収材だったり防寒材だったりの役割を果たす。

靴を脱がず、内と外の区別が曖昧《あいまい》なせいか、床掃除の文化があるのか怪しい。年に一度か二度、敷いてあるものごと焚きつけにして終了が多いようだ。なかなかすごい臭いになるので、香りの強いハーブが放り込まれていたりもする。

島は防寒材の心配はいらないが、城塞内も街の道も石畳だから、衝撃吸収効果は欲しい。だが、草を敷くのは家畜小屋だけでいい。

そういうわけで、今欲しいのは衝撃を吸収する靴底だ。

とりあえずゴムの木を探しに行くか。靴底はでも天然ゴムじゃなくって合成ゴムだっけ？天然ゴムもあるだろうけど、天然ゴムってアレルギー起こしやすいって聞くな。

レザーソールってのもあるか、丈夫な革を重ねてみるか。

何がいいかつらつら考えつつ、とりあえず素材を集めて比べてみることにする。


【転移】を小刻みに繰り返し、精霊に名付け、神々にもらった地図を広げてゆく。名付けたり、契約した精霊が力を及ぼす範囲が、地図に反映されるのはなんとなくわかっている。

小さな精霊は影響を与える範囲が小さく、移動範囲が広くても影響はすぐに消えてしまう。たくさんの小さな精霊に名付けるか、力を持つ大きな精霊に名付けると地図が広がる感じ。

こうして地道に進んで、エスのずっと南に熱帯雨林っぽい場所を見つける。ゴムの木は高温多湿な年中暖かい場所に生えている、はず。

細い木々が生え、湿った落ち葉で覆われた場所。出てくる魔物はムカデや蜘蛛などの虫の類、蛇、なんか派手な鳥など。小さな虫の魔物に毒持ちが多い。【治癒】で治るけど、噛まれた瞬間、焼けるような痛みが走る。

エクス棒で足元や、視界に入ってくる小枝を掻き分けつつ進む。ヒルなどは足元にいるだけじゃなく、木からこっちを狙って降ってきたりするので油断ならない。

悪いばかりではなく、デイゴのような鮮やかなオレンジの花が咲いていたり、名前がまだないのか、【鑑定】しても蘭《らん》の一種としか出ない花や、花の姿よりも先に匂いに気づく花など、目を向ければ綺麗なものはある。

まああれです、次回は虫除けの魔法陣とか色々考える。精霊に名付ければ、女神の巨木を取りに湖に潜った時のような、空気での防御ができる、と思う。

ここには、小さくて古い精霊が多い。それは黒精霊も同じで、微妙に落ち着かない。古い精霊は大きく力が強くなるという認識だったのに、ここの精霊はただただ古い。古すぎて、普通の精霊なのか、黒精霊なのかも曖昧。

木々や葉の間、土塊の中から顔を出し、さっきからひょこひょこついてきてるのもいるんだけど、今までみたいに顔の前でアピールするとか列を作るとかがない。

「お邪魔してます。俺と契約してくれるか、名付けてもいいヒトいますか？」

なんとなくいつもと違うので、覗き込むようにして声をかける。

声をかけたらわらわらわらと。ちょっと出すぎじゃないですか？　顔に張りつくのはヤメてヤメて！

とりあえず端から名前を付ける。大きさの割に持っていかれる魔力は多め？　――誤差の範囲な気もする。せっせと名付けて、この場所の情報をもらうつもりでいたんだけど、今のところ話せる精霊に出会っていない。こっちのことを理解しているかもちょっと不明。ルタの方が意思疎通できそうな感じ。

契約しても何の精霊なのか不明なモノもちらほら。精霊の名付けもできたし、黒精霊もむぎゅっとやって、いつもの通り名付けることはできているけれど、幕1枚隔てた別の世界にとても大きな精霊がいるような、何か落ち着かない気配。

木々を【鑑定】してゴムの木を見つける。……ゴムの木、種類多いなおい。【鑑定】結果に使えそうな記述があるゴムの木を採取。

本当は生えているこの場所で、木に樹液を集める容れ物を括りつけ、あとで樹液だけ取りに来る予定だったんだけど。ちょと雰囲気的にやめた方がよさそう。

他に野生のオクラをゲット、いい匂いのする白い花も1株。

「お邪魔しました」

一応、なんとなくいるような気がする何者かに挨拶して、【転移】で『家』に――

「またおいで。歓迎しよう」

――戻る。最後の声は、ざわざわとしたたくさんの精霊の声を合わせて1つにしたような、地鳴りのような木霊のような。うなじのあたりが落ち着かないことこの上ない！

「なんだ？」

カヌムのレッツェたちのいる貸家に駆け込んで、1階の共有スペースにいる人の周りをうろうろする挙動不審な俺に、レッツェが聞いてくる。

「なんでもありません」

怖いわけじゃない、怖いわけじゃないんだけど、また声が聞こえるんじゃないかと落ち着かない。精霊の声なんだろうけど、気配がなんかこう、ね？　肝《きも》が冷えて、そのまま体温も下がったままみたいな……。

夕方――といっても、カヌムでは日が落ちるのが遅いので、まだ明るい。

クリスは一仕事してきて、風呂を汲んでいたところ。風呂まではついていけないのでストーキング終了。

ディーンはなんと、これから「依頼」という名のデート。嫌がらせについていきたいところ。

「ああ、もう。落ちつかねぇな。うろうろするなら手伝え」

「はいはい」

レッツェは森で薬草を採取して帰ったところで、これから井戸端で仕分けらしい。お高い薬草はすでに森で処理済みらしく、別に包んである。

「茎が赤いのと、葉の裏に毛が生えてるの、細長い葉のやつ、そのほかに分けてくれ」

「赤いのと毛と長いの、それ以外、了解」

【収納】から手袋を取り出し、つけながら復唱。

「毒はねぇが、毛が刺さると痛いから注意な。草の汁は素手で触るな」

どの草が何に効くのか、どの部分を使うのか、採取と仕分けの仕方など、色々教えてもらいながら。【鑑定】で正しい効能はわかるのだが、こっちで信じられている効能は出ないので、しっかり聞く。

病は気から、プラシーボ効果？　でも、効かないって油断をしていると、精霊を寄せる触媒だったりするので、侮《あなど》れない。しかもその効能が伝わっている地域の精霊だけに受けがいいとか、大昔の人が契約した名残だったりとかもあるので、人の話を聞くのは大切。

正しい効能の方は、当然ながらどこででも効くのでもちろん有用なんだけど。

雑談しながら薬草のゴミを落とし、赤いやつ以外は根を切ってしまう。20本ずつ一束にレッツェがまとめ、種類ごとに袋に入れて終了。

終わる頃にはだいぶ落ち着いた。あそこの精霊はきっと、随分古くて、人との交わりもほとんどない精霊。人から遠いから異質に感じて、その異質さに引きずられる気がして怖かったんだな。人の世界に戻ってきましたよ、っと。

貸家の1階で、クリスとレッツェと一緒にご飯。

蒸した茄子に生ハムを巻いて塩胡椒、オリーブオイル、バルサミコをちょろっと垂らす。ちょっとさっぱり系。

メインは汁なしの油そば。冷やし中華もそばだけど、ラーメンとどう使い分けてるんだろうな。パスタで麺類は割と慣れてそうだけれど、ちょっと太めにしてみた。もやしと太めの千切りにしたキャベツを蒸したの、チャーシュー。チャーシューは麺と食べて欲しかったので、薄切りにして枚数を多く。味玉を半分に切って1つ分。ゴマ油とラー油！

「こっちの薬味も好きなように使って」

万能ネギ、白ネギ、ゴマ、メンマ、海苔《のり》、お酢と刻みニンニク、辛さ増量用のラー油、柚子《ゆず》胡椒。

そして酒で溶いた味噌に、５日ほど漬けた卵の黄身を載せた薄切りの黒パン。黄身のオレンジ色が綺麗になるのが４日目あたり。でもあまり緩いと嫌がりそうなので、もう１日漬けて心持ち固めに。生卵や半熟はハードル高そうだが、これはどうだろうか。まあ、余ったら俺があとで熱々のご飯に載せて食う。

「やたらオレンジだなこれ。ゼリーでもなさそうだし、何だ？」

レッツェが目ざとく見つけて聞いてくる。

「卵の黄身を漬けたやつ、腹は壊さないから安心してくれ。チーズと一緒にクラッカーに載せて食っても美味いぞ」

聞かれたからには正直に教える。

「……」

悩んだ末に食うことにしたらしいレッツェ。長年避けてたものを口にするって、勇気がいるよな。クリスが引き気味だし。

「なるほど、こんな味か。しょっぱいがねっとりと甘い――酒に合いそうだな」

お気に召した様子。生卵とは言わない、半熟卵までなんとかじりじり慣れさせたいところ。

「酒に合うのかい？」

クリスが興味を持ったようで、おっかなびっくり手を出す。

胡桃《くるみ》入りの黒パンに発酵バターを塗って、黄身の味噌漬けを載せて、彩りと少しさっぱりさせるために、スプラウトを少し。スプラウトは畑に植える前に間引いた、ひょろりとしたブロッコリーの芽。

精霊の手伝いのお陰で、もさもさと発芽して緑の絨毯を作ってくれるのだが、さすがに全部を大きくするわけにもいかない。

「ああ。いい赤が欲しい！」

クリスもクリア！　よしよし。

「お前、本当に人に色々食わせるの好きだな」

「同じもの食いたいしな」

次は味玉を半熟でいってみようと思いつつ。固茹でが悪いってわけじゃないけどね、みんなの味覚の幅を広げたい俺がいる。

放っとくとディーンは酒と肉、時々パンとかだし、クリスはそこにスープか焼き野菜が入る程度で、いつも同じもの食ってるんだもん。レッツェは粗食《そしょく》な割に、口にしてるものの種類は多いかな？

「お、これも美味いな」

さっさと油そばに移っていたレッツェ。

本日の料理は概《おおむ》ね好評、よかったよかった。

さて、『家』に戻ってリシュと遊び、ブラッシングを終えて今度は皮の選定。

結構怖い思いをして頑張った天然ゴムくんは、暖かく湿った場所ならば育つようだが、すぐにゴム——樹液の採取とはいかない。環境を変えたばかりだから、養生してやらないと。

そういうわけでゴムソールは当面却下、次はレザーソールの検討。

レザーソールは、実はすでに城塞都市にある。あそこは魔物の肉が名物だけど、同じ分だけ皮も取れるわけだ。ただ、レザーソールは雨が染み込みやすく、水分に弱い。石畳で滑りやすいのも街では辛《つら》い。耐久力が低く、手入れが必要であり、リペア費用もかさむ。

評価的にはこんな感じ。冒険者が履くには、滑りやすくて耐久性が低いのは困る。かといって木の底じゃ、もっと大変。で、それ以外の皮でいけないかなと。硬めの皮に鋲《びょう》を打つとか、そこまでいかなくても溝をつけるとか。

【収納】したものから、皮関係を出してみる。

ウサギ、クマ、オオトカゲ、狼、蛇、猪《いのしし》——そのほか、それぞれツノナシから三本ツノまで。

普通の動物の皮は耐久性の関係で除外。

これはクッション性が低すぎて硬い。これは柔らかすぎ。これは削れやすすぎ。これはボロっと崩れる。これはちょうどいい――あ、ダメだ、加工が大変な上に高価すぎな気がする。誰かに生産委託ってわけにはいかない。

これは友達と、島の従業員にお仕着せと一緒に配ろう。

んー。どうせこの皮、他の用途思いつかないし、島の職人に丸投げしとこう。皮を通す道具を渡せば、きっと俺よりいい靴を作ってくれるはず。あ、道具も素材を渡して、地の民に俺の分共々いいの作ってもらおう。

靴は使い捨てで履き潰す布靴や簡易なサンダルはともかくとして、店先に並んでいる靴から選んで、微調整とか、足を測ってもらって一から作る。ある程度、場面で靴を使い分けるような金持ちは、自分の足型を靴屋に保管している。

こちらの世界は、靴屋には靴職人が、パン屋にはパン職人がいて、工房とくっついた店を構えている。商品を仕入れて売るだけというのは、雑貨屋みたいな多彩なものを扱う小さな店が多い。

それはともかくとして、結論。肉の消費で皮が大量に出る、城塞都市のレザーソールが一番コスパがいい。素材として優秀なのは、砂漠に出る砂の中を泳ぐ三本ツノのエイ系の魔物の皮。ほどほどに硬く分厚くって、クッション性もあるしいい感じだけど、俺が狩りに行かないとダメなやつなので、流通には乗せられない。

くそう、この辺、生活必需品に関してもっと勇者が頑張ってもいいと思うのに、ドレスやらハイヒールやらに頑張りやがって！

普通なら、勇者が身につけると、王侯貴族や金持ちに流行り、流通が確立されて庶民も手を出せるようになる。そんなルートを辿るのに、どうやら勇者どもは自分たちの分を確保したあとは、秘匿パターンらしい。

お陰でデザインだけが模倣されてゆく。


「一応、いつもみんなが履いてる系のデザインで作ったけど、どうだ？」

カードゲーム部屋で、木箱の上に載せて並べて、出来上がった靴を披露。ブーツ系2足に、黒のフォーマル。

いつも小さなランタンをたくさんつけている部屋だけど、今回は出来栄えを見てもらうために、鎧戸《よろいど》を閉めて『ライト』の魔法を使っている。

「お前、この間いきなり人の足を測り出したと思ったら、今度は靴作ってたのか」

ディノッソが呆れたような声で言う。

「ジーン、お前また正体不明な素材を……」

レッツェがため息をつく。

「大丈夫、大丈夫、きっと靴の裏なんか見ない、見ない」

見えるところは、普通に見えるようにちゃんと作ってきた。

「どこを歩いたとか、どれくらい歩いたとか、どこから来たかとか、靴が一番わかりやすいから、必ず見るぞ」

「泥がついていれば、整備されていないあまり治安のよろしくない場所、もしくは街の外、ですかな？　それに靴底は、仕込みのあるなしも」

レッツェと執事。

「えっ？」

思わずディノッツォを見る。

「見ない、見ない」

顔の前で手を振って否定するディノッツォ。

「まあ、見る奴は見るし、そのタイプの人間は面倒だぞ」

見るタイプ代表のレッツェが、面倒だと言っている。

「ここはひとつ、伝説の金ランクさんが獲ってきた皮ってことで」

「場所はどこだよ」

ディノッツォが聞いてくる。

「エスからうんと南西に行った砂漠」

「行ったことねぇよ！」

「大丈夫大丈夫、伝説が一人歩きするする」

「解決した！　みたいな顔をすんじゃねぇの！」

レッツェにほっぺたを伸ばされる俺。

「伝説の金ランク殿は、カーン様に砂漠について聞いていただいて。——大変よい出来でございますし、デザインが素晴らしい」

微笑みを浮かべて革靴を手に取っている執事。

「買収された!?」

ディノッソが驚いた顔で執事を見る。

「はい、はい、ガッツポーズ取らない！」

執事が味方について小さくガッツポーズしたら叱られた。


とりあえず、靴はみんなの手に渡りました。

外伝2　ムートの寺院

遺跡探訪、本日は廃棄された寺院にお邪魔します。

【転移】を繰り返して、行ったことのない土地で絶景を眺め、その土地の精霊に名付けて、お勧めの絶景ポイントや、大昔の遺跡や珍しい風景のある場所を聞く。そして聞いた場所を探して【転移】を繰り返す。

そんな中でお勧めされた場所の1つだ。風の神の時代の初期に造られた寺院だそうだ。いや、寺院っていうのは正しくないかな？　廃棄される前は寺院として使われていたけど、その前はもっと古くて原始的な儀式の場だったようだ。

この場所の神と呼ばれる精霊は、ずいぶん昔から姿を見せていないらしい。

今いるのは、静まり返った谷の中。俺が踏み損ねた小石が、谷に反響していつまでも響く。ちょっとひんやり霧のかかる、人の気配から遠い場所だ。

最初はエクス棒も出てきてたんだけど、エクス棒の大きな笑い声が谷全体にゆわんゆわんと響いて、谷の大きな岩がぶるぶると震えて転がり出しそうになったため、慌てて引っ込んだ。

小さい石は転がってきたしね。危なかった。

そういうわけで、慎重に音を立てないように歩いている。さっきの踏み損ねた小石の音に、だいぶどきどきしたほど慎重に。

ここはどうやら、大きな音を立てると岩々が転がるようにできている。できているというか、精霊が今もせっせと積み直して、すぐに崩れそうな危ういバランスに喜んでいるのを目撃。この谷の間に溜まった岩が、流れるように一斉に転がり出したら洒落《しゃれ》にならない！　精霊の遊びは、人間にとって危険な罠になることがしばしば。


大岩の上に座って、歩いてきた方を眺めながらお弁当を。頑張って気を使って歩いてたけど、途中から風の精霊に頼んでズルして浮きました。あそこ突破するの無理！

お弁当の中身は、明太子と大葉を混ぜ込んだご飯、キュウリの山葵《わさび》漬け、油淋鶏《ゆーりんちー》、味玉を半分に割ったやつ、ニンジンサラダ、シシトウの揚げたやつ――。

とりあえず普段の弁当は、赤と黄色と緑、茶色が入っていればいいという姿勢。黄色は卵焼きか、茹で卵だし、赤はトマトかニンジン、ラディッシュあたりと決めておけば悩むことは少ない。茶色は揚げ物かシャケか生姜焼きあたり。

でも本当は、お弁当の中身を知らない方が開けるまでの楽しみがある。たくさん作って、忘れた頃に【収納】から出して食べるかな？　いや、いくら【収納】しておけば時の経過はないとはいえ、食い物でそれは抵抗がある。誰か作ってくれないかな。

お茶を飲みつつ完食し、谷の奥へと進む。おおよその場所は聞いているし、地図もあるのだが、なにせ地図で指された場所は面積が広い。精霊に聞きつつ探し歩く。

迷わず場所を指す精霊が増えてきた。ふわふわと漂う精霊に名付け、案内を乞う。

このあたりの精霊は話せないタイプの精霊で、ひらひらと手を動かして、ついてこいと伝えてくる。

鉄砲水にでも遭ったような、大きな石がゴロゴロと続く谷の底を歩き、目的の場所を目指す。いくつかの裂け目を通り過ぎ、精霊が何本目かの暗い裂け目にするりと入る。

中は普通の洞穴《ほらあな》のようだが、煤の跡がある。どれだけ古いのかはわからないけど、松明《たいまつ》を持って出入りした人の痕跡だ。

やがて足元が平らな床に変わり、周囲の壁も人の手の入ったものに変わった。

いくつかの部屋と、広い通路、ドーム状の天井を持つ反対側の見えない部屋。その部屋にはブルーストーン――イギリスのストーンヘンジにある大きなあの石……ではなく、その内側に配置された黒っぽい火成岩に似た石に、美しい彫刻を施した柱が並ぶ。

太い柱に、細い柱を何本か添えて1組。それがいくつも天井に届く寸前まで床から伸びている。天井までは届いていないので、当然それを支える柱ではない。

なんのための柱だろうと思っていると、案内してくれた精霊たちが柱に向かって飛び、細い柱を叩き、中を通り抜ける。

精霊に触れられた柱が淡く光り、音が鳴る。細い柱が起こす小さな振動は、太い柱に当たって跳ね返り、また細い柱を揺らして音を引き出し、細い柱をすり抜けたものは他の柱や壁に向かう。

かすかな波動は、ぶつかった場所が淡く光るので、ぶつかるたび方向を変え、枝分かれして、不規則に広がってゆくさまが俺にも認識できる。

澄んだ音、ひび割れた音、響く音、低い音、高い音——様々な音をさせる柱たちは、かすかに、だんだん大きな音を。

最初こそ不協和音を立てていたが、いつの間にか心地よい音となって、聞く者を蕩然《とうぜん》とさせる。

音は響き合い、壁に跳ね返り、戻ってくる。いつの間にか体を振動させるほどの音で満ちている部屋。

——すべての物質は振動している。

金属や人体はおろか、素粒子以下レベルの、すべてのものが振動している。浴びるように音を聞いていると、自分の体が共振し、共鳴している気分になる。

あれだ、宗教儀式をやる場所の仕掛けかなんかか？　心地いい高揚感、意識が体から離れるかのような浮遊感。音を乱さない力強い言葉で何か言われたら、共鳴ついでに同意してしまいそうだ。

とうとう部屋の中央、ドーム型の天井の一番高くまで届きそうな、大きな柱が揺れ始める。周囲の細い添え柱が光り、低い音を立て始めた。

中央の柱から現れる白い指先。冠に隠れた顔、足先、深い群青《ぐんじょう》の衣、流れ落ちる緑がかる黒髪。いや、ブルーストーン色と言うべきか。

随分大きな男性の人型。古くて強く、そして遠い昔には人と共にあったことを示す姿。精霊が人の姿を写すのは、人に関わることが多いから。頭から額、鼻の上、顔の半分が隠れる姿は、人の姿から変質し始めていることを暗示する——はず。

顔を隠す冠こそが精霊の本質な場合は別だけど、どう考えてもこの精霊はこのブルーストーンの精霊だ。

『久しぶりに耳にする楽《がく》よ。奏《かな》でたは小さき者どもか。我を起こすほどの音を出す数を従えるとは、何者か』

低く響くいい声。

『俺はジーン。騒がせてごめんなさい、ただの物見遊山《ものみゆさん》の通りがかりです』

騒がしくして大きな精霊を起こしてしまったようだ。無実を主張したいが、ここに小さい精霊がたくさんいるのは、俺が案内をお願いしたからだ。

『ほう、我らの言葉を使えるのか』

あかん、いい声だ。ちょっと歌ってくれないかな？

『我がこもる前も、そこまで流暢《りゅうちょう》に使いこなす者は少なかったと記憶しておるが……。今、外は話せる者が多いのか？』

『いや、たぶんだけど、俺と喚《よ》ばれた勇者だけかな？』

余計なことまで話してしまいそう。

『勇者――まだ外の世界は安定せぬようだな。かといって、我が眷属ばかりを奪われるのも心外』

『うん？　石を？』

『人間どもは木々を切り尽くしたあとは、我が身を削り出して何かを建て、何かを敷きたがった。消費するしか安定することのできぬ者たちよ』

ああ、石を切り出して家を作ったり、塔を建てたり、道を敷いたり、広場を作ったり、か。定住して安定はするけど、石の立場からしたら消費されてることになるのか……。石の立場というのを俺が考えるのは微妙だけど。

『使われるのは微妙？』

『そなたらはすぐ壊すゆえ。――いや、我らと違い変化することで、新たなる精霊を増やす性質のモノもいる。ただ、我ら石の精霊に連なるモノはそうならぬことが多い。性質的に安定を好むのでな。人間に作られたもので、新たな精霊が形を取るほど残るのは稀《まれ》なことなのだ』

なるほど、石だったら生まれは6000万年前です、とかそんな感じだもんな。

人間の俺からすると、石造の建物は大昔から壊れず残っているように感じるが、石の精霊の長い目で見たら「すぐに壊す」ように見えるのはしょうがないのかもしれない。

俺の塔も修復はしたけど、遺棄《いき》されて崩れていた。塔のアオトカゲくんも、小さくなったと言っていたし、あのまま風化して建物と認識できなくなったら、消えていたのかもしれない。

単純に戦争で壊される建物や、魔物に蹂躙《じゅうりん》される建物もあるだろうし、万年単位で考えたらサイクルは短い気がしないでもない。

『ごめん。俺も街を造ってて、ふんだんに石を使ってる。石造の塔に住んでいた古い精霊は改装したら大きくなったけど、他の場所で新しい家や石の精霊って見てない』

水を流したら、飛沫の精霊とか、涼風の精霊とかは生まれたんだけど、海風の精霊とか潮の精霊とか、もともといた精霊が集まってきてる方が断然多い。

『すぐに生まれるモノはすぐに消えるモノたちゆえ。古い精霊が大きくなったというのならば、よほど環境を整えたのであろう、誇るがよい』

人間に文句はあるようだが、公平というか寄り添おうとはしてくれる珍しい精霊だ。

『我を起こした人間よ、奥に我が本体がある。好きに持っていくがいい』

そう言って、柱の中に沈み込んで姿を消した。

奥に本体？

不思議に思いながら入ってきた方向に背を向け進む。部屋の奥に大きく口を開ける通路。入ると中はまた剥き出しの……、ああ。本体ってこれか。

中はブルーストーンの石切場。えーと、これを切り出して石材として使えってことだろうか。ありがたいが、街の外観は白っぽい石で揃っているんだよな。

とても綺麗な石で、使いたい。でも、先ほどの会話のあとで、使いどころを決めずに適当に切り出してゆくというのも悪い気がする。

ああ、そうだ。『精霊の枝』の枝を飾る台座の下に、この石を丸く床に嵌め込むというのはどうだろう。きっとコントラストが綺麗だし、白っぽいだけより印象が引き締まる。

それに魔法陣を描き込む石としてもいい気がする。なにせストーンヘンジの石に似ているわけだし。自分でもそれがどうした、根拠になってないだろうとも思うけど。魔法陣の描き手である俺の、思い込みとか気分も大事なんですよ！

そう決めて『斬全剣』でスパッと薄く切り出す。形を整えるのはさすがにあとからだけど、なるべく無駄のないように。

【収納】して作業を終える。帰りに通った柱の並ぶ天井の部屋は、精霊たちが触っても柱が光ることも鳴ることもなく、静まり返ってこそりとも空気が動かない。

ブルーストーンの精霊にまた会える時は来るんだろうか？　もう少し話してみたい気もするな。

『家』に帰って、納屋でせっせと細工する。

「リシュ、危ないからちょっと離れてて」

俺の言葉で素直に距離を取って、エクス棒を齧り始めるリシュ。うちの子賢い。

まずは『精霊の枝』の床に設置するプレート、円形に切り出すのは紐《ひも》と『斬全剣』で。これだけでは芸がないので、精霊図書館で調べてきた魔法陣を仕込む。

ガリガリと魔鳥の羽根ペンで。発動条件や基本の呪文は準備完了。そのあとが長い。俺の中の記憶から、再現したいものをどこまで再現できるか？　みたいな挑戦でもある。

協力してくれる精霊が増えてゆき、自分がダメならと、この作業に向いている精霊を連れてきてくれたりもした。羊皮紙《ようひし》に書き込んでは実験し、いいようなら組み込み、最終的にプレートの然るべき場所に描き込む。

こうして出来上がった魔法陣の刻まれたプレート。

乗ると音楽が鳴ります。

ちなみに曲は、カルミナ・ブラーナ「おお、運命の女神よ」。詩歌も曲も精霊の協力をいただき、会心の出来！　無駄に壮大、ラスボスが登場しそうに仕上がった。

まあ、試したら、ブルーストーンの精霊の小さいのが登場したんですけどね。なんでだ！

『数日で形を取れるとは……』

本人も困惑してた。

色々聞いたら、岩場から切り出した石には、その本体の精霊の力が満ちている状態なのだそうだ。切り離されると、力の影響は弱まり、周囲の影響を受け始めて変質し、力そのものが消えたり、新しい精霊が生まれる。

本体の精霊の力が残っているほど、精霊との繋がりが深く、記憶を引き継ぎ眷属となる。で、切り出されてすぐに魔法陣を刻まれて、精霊の影響を受け、大量に魔力を注がれて、ここに精霊が生まれた。カルミナ・ブラーナを記憶から再現するのに、精霊たちとプレートの前で、ああじゃないこうじゃないを長いことやっていたせいな気もするけど、気のせいです。

石に対して、ブルーストーンの精霊のイメージを持ったまま俺が魔力を注いでたこともあって、あまり変質しなかったみたい。俺の記憶もあるし、外見もそのままだ。強いていうなら歌が上手くなったそうです。

ブルーストーンの精霊と話していたら、リシュがプレートに乗り、音楽が始まってびっくりしていた。精霊も発動できるんだ？　驚いてこてんと尻餅をついて座り込むリシュが可愛い。

とりあえず、プレートの設置は枝を設置したあとにすることにした。乗ると壮大な音楽が鳴っちゃうから、最後にね！

納屋に入れっ放しは邪魔だし、【収納】しっ放しもあんまりなので、島の俺の塔にしばらくいてください。

「我が君、時々塔から天上の音楽が流れると、城勤めの者たちと、船乗りたちの間で聞くのですが、お心当たりはおありでしょうか？」

「あー、気にしないでくれ。精霊たちが遊んでいるんだろうから」

「はい、ではそのように」

にこりと笑顔を返される。

俺が気にするなと言えば、本当に気にしないのがアウロという男。

「言っておいてなんだが、大丈夫なのか？」

「大丈夫なわけないでしょう？　どうするのよ！　月の晩に天上の音楽、夜明け前に男の美声が聞こえるとかで、無駄に島に船が寄ってきて、座礁《ざしょう》がすでに3件！」

ソレイユが叫ぶ。

「不用意に寄ってくる方が悪いと思うがな」

投げやりな感じのキール。他人の座礁はどうでもいいらしい。

キールとアウロは呼んでもないのに島に寄ってくるな派というか、警戒警備マックスみたいな感じなので、座礁しなくても沈めそうな何かだ。

そしてブルーストーンの精霊もノリノリで歌っている疑惑。

「そのうち『精霊の枝』に設置するつもりだから」

「街中に響き渡るのもどうなのよ！」

涙目のまま叫ぶソレイユ。

「そういえば広場には宿もあるな……」

ソレイユの訴えに近所迷惑を考える俺。

「設置するなら、玉座の間にしてちょうだい」

「玉座の間……。どこ？　何に使うんだ？」

職人にお任せにしてたら、本館が大変なことになっている気配。

「使おうにも集まる貴族がいないから安心して。でもあなたが王様ね」

玉座の間なるものは、本館の北側にある。なお、見せてもらったところ、壇上に玉座があって、赤い絨毯があって、柱が並ぶあれでした。まだ王様の椅子はないけど、構造的にはゲームとかで見たことがあったやつ。王様が勇者を呼びつける場所ですな、絶対呼ばないけど。

玉座はともかく、将来的に大勢の商人を招いてのパーティーなどは、ここでやる予定だそうだ。今はまだ交流のある商人も少ないが、やがてはこの島のパーティーに招かれるのがステータスと言われるようにしたい、というのがソレイユの希望。

そういうわけで、『精霊の枝』に設置するつもりだったプレートは、本来は玉座を置く壇上に設置。玉座の間は、もともと楽団を呼ぶことも想定しているため、広いし天上も高いし、よく響く。ここなら精霊も気持ちよく歌えるだろう。

結果、島の北側の海上が観光地になった。

島の北側なら船が集まってきても、隠れている岩礁がほとんどなく、島に近づきすぎない限り船が沈む危険は少ない。そして島で一番の断崖絶壁ってことで、アウロやキール的にも防犯面で東や南よりいいとのこと。

こっちの法律では、岸から見える範囲は領海で、領海が重なる場合は真ん中が境界になるのが建前。

ソレイユが、いつ始まるかもわからない音楽を聴くために停泊中の船から、嬉々《きき》として金をむしり取ってた。

その金の一部で、魔法陣の魔石が取り替えられ、精霊たちが喜んで音を鳴らすという……。

人間も普通に発動できるのだが、あくまで精霊まかせってことにしているらしい。

商魂たくましくって何よりです。

あとがき

こんにちは、じゃがバターです。

転移したら山の中だった、5巻をお送りいたします。

岩崎様の美しいイラストは塔の最上階のイメージで。アッシュはともかく、ちゃっかり大福も出勤しています。親しい人と色々な風景で食べるご飯の旅、幸せそうでなによりです。

開催していただいた『山の中フェア』、栞やグランピング（！）が当たった方、おめでとうございます。フェア用のショートストーリーはまだ読めますので、引き続きお楽しみください。

ツギクル様では、コンビニのプリントサービスでのショートストーリーやイラストの販売など、新しい企画も始めてらっしゃいますので、興味を持たれたらぜひ。

そして5巻の原稿、また編集さんにご迷惑を……。いつもありがとうございます。思いがけず、某作家様のあとがきに自分への祝辞らしきものを見つけ「こ、これは!?」となったり、OSアップデートの罠にかかったり、ばたばたしつつも、お陰様で無事お届けできそうです。

さて今回は、ジーンが本格的に島に手を入れ始めます。お楽しみください！

ジーン「快適、清潔、路地楽しい！」

職人1「うをおおっ！　資材、資材が使い放題！」
職人2「おおおお、金、金がちゃんと出る。頑張った分、認められて金が出る！」
職人3「はあはあ。長年の夢だったアレが作れる……」
アウロ「元要塞だっただけあって、立地は素晴らしい」
キール「賊は、すぐ駆除できる体制を」
アウロ「主要な場所には契約で縛られたチェンジリングを。彼らもやる気でなにより」
ソレイユ「胃が……。まだ出来上がっていないのに、商業ギルドと海運ギルドから招待しろって圧がくるのよね……。でもこれは、宿の最上級部屋の値段、目の玉が飛び出るほど高く設定してもいいいってことよね」

最後に、このあとがきを読まれているということは、書籍を手にとってくださったということ！

読んでくださる方々に感謝を！

じゃがバター

2021年水無月吉日

次世代型コンテンツポータルサイト

ツギクル https://www.tugikuru.jp/

「ツギクル」は Web 発クリエイターの活躍が珍しくなくなった流れを背景に、作家などを目指すクリエイターに最新の IT 技術による環境を提供し、Web 上での創作活動を支援するサービスです。

作品を投稿あるいは登録することで、アクセス数などの人気指標がランキングで表示されるほか、作品の構成要素、特徴、類似作品情報、文章の読みやすさなど、AI を活用した作品分析を行うことができます。

今後も登録作品からの書籍化を行っていく予定です。

ツギクルAI分析結果

「異世界に転移したら山の中だった。反動で強さよりも快適さを選びました。5」のジャンル構成は、ファンタジーに続いて、SF、歴史・時代、恋愛、ミステリー、ホラー、現代文学、青春の順番に要素が多い結果となりました。

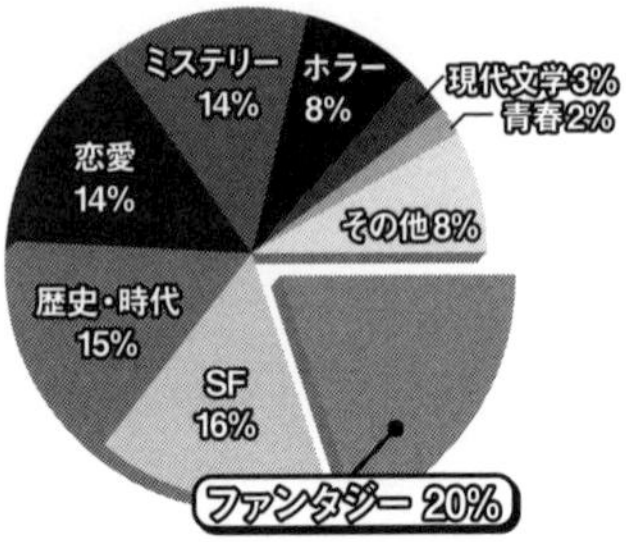

期間限定SS配信

「異世界に転移したら山の中だった。反動で強さよりも快適さを選びました。5」

右記のQRコードを読み込むと、「異世界に転移したら山の中だった。反動で強さよりも快適さを選びました。5」のスペシャルストーリーを楽しむことができます。ぜひアクセスしてください。

キャンペーン期間は2022年2月10日までとなっております。

異世界に
転移したら山の中だった。
反動で強さよりも快適さを選びました。
1～5
著▲じゃがバター
イラスト▲岩崎美奈子
「」カクヨム
書籍化作品
「カクヨム」総合ランキング
年間1位
獲得の人気作
(2021/7/1時点)
2021年11月、
最新6巻発売予定!
勇者には極力
近づきません!
「コミック アース・スター」で
コミカライズ
好評連載中!
花火の場所取りをしている最中、突然、神による勇者召喚に巻き込まれ
異世界に転移してしまった迅。巻き込まれた代償として、神から複数の
チートスキルと家などのアイテムをもらう。目指すは、一緒に召喚された姉
(勇者)とかかわることなく、安全で快適な生活を送ること。
果たして迅は、精霊や魔物が跋扈する異世界で快適な生活を満喫できるのか——。
精霊たちとまったり生活を満喫する異世界ファンタジー、開幕!
定価1,320円(本体1,200円+税10%) ISBN978-4-8156-0573-5
「カクヨム」は株式会社KADOKAWAの登録商標です。
ツギクルブックス
https://books.tugikuru.jp/

追放
悪役令嬢の旦那様
著／古森きり
イラスト／ゆき哉
1~3
マンガPark
「マンガPark」（白泉社）で
©HAKUSENSHA
コミカライズ
好評連載中！
謎持ち悪役令嬢
第4回ツギクル小説大賞
大賞受賞作
規格外の旦那様と辺境ライフはじめます!!!
卒業パーティーで王太子アレファルドは、
自身の婚約者であるエラーナを突き飛ばす。
その場で婚約破棄された彼女へ手を差し伸べたのが運の尽き。
翌日には彼女と共に国外追放＆諸事情により交際0日結婚。
追放先の隣国で、のんびり牧場スローライフ！
……と、思ったけれど、どうやら彼女はちょっと変わった裏事情持ちらしい。
これは、そんな彼女の夫になった、ちょっと不運で最高に幸福な俺の話。
定価1,320円（本体1,200円＋税10％）　ISBN978-4-8156-0356-4
ツギクルブックス
https://books.tugikuru.jp/

騎士団長の息子は
悪役令嬢を溺愛する
著 yui/サウスのサウス
イラスト 春が野 かおる

2021年10月、
最新9巻
発売予定！
もふもふを
知らなかったら
人生の半分は無駄
にしていた
1~8
著／ひつじのはね
イラスト／戸部淑
冒険あり、癒しあり、笑いあり、涙あり
もふもふたちに囲まれた
異世界スローライフ！
第7回
ネット小説大賞
受賞作！
KADOKAWA
「ComicWalker」で
コミカライズ
好評連載中！
魂の修復のために異世界に転生したユータ。
異世界で再スタートすると、ユータの素直で可愛らしい様子に
周りの大人たちはメロメロ。
おまけに妖精たちがやってきて、魔法を教えてもらえることに。
いろんなチートを身につけて、
目指せ最強への道？？
いえいえ、目指すはもふもふたちと過ごす、
穏やかで厳しい田舎ライフです！
転生少年ともふもふが織りなす
異世界ファンタジー、開幕！
定価1,320円（本体1,200円＋税10%）　ISBN978-4-8156-0334-2

「もう……。
働きたくないんです」
僕はぜーったい
働きません。
今更、待遇を変えるからと
お願いされてもお断りです。
冒険者なんか
辞めてやる。
著 縛炎《ばくえん》
イラスト 兎塚エイジ
「ガンガンONLINE」
（スクウエア・エニックス）にて
コミカライズ
好評連載中！
漫画：村上メイシ
昼過ぎに起きても大丈夫。ワイバーン見ても無視無視。
僕はもう、ぜーーったいに
働きません！
元E級冒険者のエクス19歳。才能の全てを【効果時間延長】に特化した異才の魔導師は、
5年間、年中無休で奴隷のように働く毎日を過ごしてきた。ついに過労で倒れてしまい、
玄関先で目を覚ましたある日、ようやく自分の心と向き合う。「こんな仕事、辞めてやるっ！」
冒険者を辞めたエクスは、もう働かないことを宣言。これまでエクスの効果時間が異常に長い
初級魔法の恩恵を享受してきた連中は、彼の代わりなど誰もいないことに気づいて
慌てふためくが、もう遅い。脅してきても、すがりついてきても、ニッコリ笑って全部お断り。
「僕はもう、ぜーったい働きません！」働かない宣言をした初級魔導師の新しい生活が、今はじまる！
定価1,320円（本体1,200円＋税10%）　ISBN978-4-8156-0863-7
ツギクルブックス
https://books.tugikuru.jp/

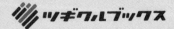

優しい家族と、たくさんのもふもふに囲まれて。
～異世界で幸せに暮らします～
vol. 1~4
「がうがうモンスター」にてコミカライズ好評連載中！
著／ありぽん
イラスト／Tobi
もふもふたちのいる異世界は優しさにあふれています！

10人の側妃を持つ好色王にすら顧みられず、不名誉な誹りを受ける惨めな王妃。
そんな未来が待っているとはつゆ知らず、ルイーゼは今日も健気に縦ロールをキメる。
大好きな王太子の婚約者になるために。ある日、転んだ拍子に前世の記憶を取り戻した
ルイーゼは、ここが乙女ゲームの世界で、このままだと不幸な王妃か、
婚約破棄のち国外追放の未来が待っていることを理解する。
「それならいっそ婚約者に選ばれなければいいんじゃない?」
そしてルイーゼ（改）は、嫌われる努力を始めるのだった。
学園に転入してきたヒロインにぜひ頑張ってもらいましょう！

1巻：定価1,320円（本体1,200円＋税10%） ISBN978-4-8156-0569-8
2巻：定価1,430円（本体1,300円＋税10%） ISBN978-4-8156-1045-6

ツギクルブックス https://books.tugikuru.jp/

ツギクルブックス

愛読者アンケートに回答してカバーイラストをダウンロード！

愛読者アンケートや本書に関するご意見、じゃがバター先生、岩崎美奈子先生へのファンレターは、下記のURLまたは右のQRコードよりアクセスしてください。

アンケートにご回答いただくとカバーイラストの画像データがダウンロードできますので、壁紙などでご使用ください。

https://books.tugikuru.jp/q/202108/yamanonaka5.html

本書は、カクヨムに掲載された「転移したら山の中だった。反動で強さよりも快適さを選びました。」を加筆修正したものです。

異世界《いせかい》に転移《てんい》したら山《やま》の中《なか》だった。反動《はんどう》で強《つよ》さよりも快適《かいてき》さを選《えら》びました。5

2021年8月25日　初版第1刷発行

著者　じゃがバター

発行人　宇草 亮
発行所　ツギクル株式会社
〒106-0032　東京都港区六本木2-4-5
TEL 03-5549-1184
発売元　SBクリエイティブ株式会社
〒106-0032　東京都港区六本木2-4-5
TEL 03-5549-1201

イラスト　岩崎美奈子
装丁　株式会社エストール

印刷・製本　中央精版印刷株式会社

ISBN978-4-8156-0866-8
Printed in Japan